常盤団地の魔人

佐藤厚志

新潮社

常盤団地の魔人

第一章

1

団地一体がこんもりとした森のようだった。

バイパス沿いには黒々とたくましい桜並木が枝を広げ、傾斜して団地に下る植栽帯には道路から投げ捨てられるペットボトルや空き缶が溜まっていた。

住棟の壁はひび割れが目立つ。水色の側壁には一号棟から四号棟まで住棟番号が記されている。中庭にプラタナス、ケヤキ、カシノキが聳え、五階建ての棟の高さに迫った。二十年前まで公営の雇用促進住宅だったが、現在は常盤《ときわ》団地と呼ばれていた。

敷地に足を踏み入れると、誰かに見られているような、つけられているような、得たいの知れないものが潜んでいる気配を感じる。どの部屋の窓もカーテンがぴったりと閉じられていて、中の様子はわからない。

こんな事件があった。

三階に住んでいる小さな男の子が車のおもちゃを踏み台にして窓の柵を乗り越えた。母親が目を離した隙に起きた事故だった。開いた窓と息子の不在に気づいた母親は子どもの名前を叫んで窓から体を乗り出した。それと同時に呼び鈴が鳴る。母親が玄関へ急いでドアを開けると、落下したはずの男の子が青い顔をして立っていた。他に誰もいない。団地の人たちは、窓のひさしにぶつかって助かったとか、住棟をぐるりと囲むツツジの茂みに落ちて助かったなどと噂した。

他にも奇妙な話がある。

肩を叩かれて振り返ると誰もいなかったり、家に帰ると風に飛ばされたはずの帽子がドアノブにかかっていたり、盗まれた自転車がいつの間にか駐輪場に戻ってきていたりした。なくしたものを届けてくれる妖精でもいるみたいだった。植木の茂みに入ってしまった野球ボールが投げ返された時は、そこで遊んでいた子ども全員が一斉に逃げ出した。

住人は奇妙な出来事を奇妙な出来事としてそっくりそのまま受け入れた。または、受け入れているように見えた。

今野《こんの》蓮《れん》はそんな常盤団地の三号棟に住む少年だった。午後の四時過ぎ、蓮は散り始めた桜の下を歩き、春休み最終日を無為に過ごしていた。側溝の縁に積もった桜の花びらを踏むと、湿って柔らかい感触が足の裏に跳ね返ってくる。

黒い影がさっと動いた気がした。桜の木の背後に濃厚な気配を感じる。

誰、と蓮は聞いた。

下っ腹に力を込め、思い切って桜の木の裏に回った。

誰もいない。

脱力してぴりっと屁が出た。

明日から小学三年生になり、初めてのクラス替えを経験する。蓮にとっては恐怖だった。一年生と二年生の時は小児喘息のせいで特別支援学級で過ごした。クラスメートは蓮を含めて五人で、教室には体を鍛えるための肋木《ろくぼく》が備えつけてあった。

蓮は特別支援学級の仲間を思い浮かべた。それぞれ小児喘息、糖尿病、心疾患、言語障害など条件を抱えていた。

心臓の弱いS君は、尻の穴に突っ込んだ指を向けて皆を困らせたが、他の三人は物静かで優しかった。蓮はふざけて彼らを笑わせるのが好きだった。女性担任教員はちょっと騒いだり、廊下を走ったりしただけで声を荒らげたが、全員が勉強に遅れないよう気にかけてくれた。喘息の症状がやわらいで、両親は蓮を三年生から通常のクラスに編入させた。二年間一緒だった彼らとも別れる。別の学級になっても挨拶してくれるだろうか。

大勢の人の中にいると蓮は不安になった。話し声や気配に圧倒されて精神がすりつぶされる。通常のクラスは三十人から三十五人。蓮にしたら大人数だった。考えただけでぞっとする。それぞれが意志を持って、わがままをぶつけ合う。知らない人間とどうやって口を利いたらいいのだろう。

募る不安を紛らわせるために、蓮は団地を歩き続けた。

近くを、赤い自転車が猛スピードで通り過ぎた。

学生服姿のマンネンだった。マンネンは三号棟に住む中学生で、夕方になると団地を囲む私道を自転車でぐるぐる走る。なぜ「マンネン」かというと、千年でも万年でも団地を走り続けるからだ。住人とすれ違う時、マンネンは「俺のポルシェ９１１は音速の飛行体だ」と叫ぶ。常盤団地の住人には日常の光景だった。

三十年以上前、転勤族のサラリーマン一家に安価な家賃で住める住居を提供する目的で団地は建てられた。当時は抽選が行われるほどの人気だったが、老朽化した現在は終の棲家と定めた老人や外国人の工員が多く住んでいた。その他、トラック運転手、電気工、教員、何を生業にしているかわからない人たちもいた。

同じ棟の親同士の交流はあるが、常盤団地の住人は互いに進んで交流せず、つき合いは少ない。団地裏の駐車場から工場群、公園、野球場、住宅街が見通せた。住宅街の外縁を流れる水路を越えれば雑木林が広がる。

ぶらつくのに飽きて、蓮は三号棟の入口に戻ってきた。

駐車場の陰から不穏な気配を感じた。魔人だ、と蓮は思った。魔人というのは蓮がこの世で最も恐れているものだった。幼い頃より蓮がひとりの時に現れ、つけ狙う。はっきり輪郭を持たず、黒い靄のようだった。誰に話しても信じてもらえなかった。

足元に小石が転がった。つられて顔をあげると、魔人でなく自分と同じ年頃の見慣れない少年が青い自転車にまたがったままガムをくちゃくちゃ嚙んでいる。黒のパーカにジーンズ、足元は真っ白なスニーカー。くすんだ団地の壁の色と、雑草と、隙間だらけのツツジの植え込みを背景に真っ白なスニーカーは光って映えた。

少年は小石を拾い、蓮の足元へ投げた。

「なんだよ、お前」

蓮は少年の顔とスニーカーを一瞥する。ウレタン底がすり減った自分の靴を見られるのが嫌で、蓮は苦し紛れに穴があきそうな右足を隠すように左足の後ろでつま先を立てた。

団地の住人は他所《よそ》の人がくるとピンとくる。それは蓮も同じだった。

自転車の少年は蓮の問いかけには答えないで笑みを浮かべている。

ぴかぴかのスニーカーとガムの咀嚼音がかんに障り、蓮は三号棟の階段に入るのをやめてくるりと方向転換する。プレハブの駐輪場へ向かい、従兄弟のニイちゃんから譲り受けた黄色の自転車を引っ張り出す。蓮は見知らぬ少年など全く意に介さないという態度で自転車をこぎ出した。

団地の私道をゆっくり回り、徐々にスピードをあげていく。青い自転車も後ろからくるのが気配でわかった。背後を見ると、少年はぴたりとついてくる。

そのうち青い自転車は蓮に追いつく。蓮は体重を乗せてペダルを踏んで速度をあげて先へ進む。再び追いつかれると、蓮は立ってこぐ。見知らぬ少年も同じ姿勢になった。蓮は前のめりになって猛然とこいだ。青い自転車も追いすがる。限界までこぐと、足がペダルの回転に追いつかず、ほどけそうになる。つんのめりそうになる。団地内でスケートボードをする高校生や縄跳び遊びをする女の子の間を際どくすり抜ける。

二人の少年は拮抗した。団地の私道をひと回りし、三号棟に達しようというところで、二人の間をマンネンが猛スピードで追い抜いていった。

二人とも停車し、マンネンの背中を見つめた。

蓮は気を取り直し、路肩に自転車を倒して、芝生を踏みしだいて遊具のある中庭を横断する。遊んでいた小さい子供らはもうお母さんと一緒に引きあげて閑散としている。

腕力を見せつけようと、蓮は鉄棒を目指す。小さい体を目一杯伸ばして鉄棒にぶらさがった蓮は懸垂を三度して見せた。青い自転車の少年もすかさず、鉄棒を摑んで二度体を持ちあげたが、三度目の途中でぷるぷる震えて手を離す。悔しそうな少年は砂場を指さした。よしきた、と蓮は自信たっぷりに砂場に向かった。

十分な助走をつけて跳躍した蓮は、尻の着地点に踵で線を引いた。続いて少年が蓮の引いた線を越えて飛んだ。

「へへへ」と勝ち誇って帰ろうとする少年に、蓮は摑みかかり、相撲を取る具合に砂場で組み合う。お互いに大技を決めようと、まるで二匹の犬が砂を掻くように細い足を掛け合ってもつれた。もみ合った末に、力尽くで押し切られた蓮は砂場の木枠に踵を引っかけて後ろに倒れた。砂が顔に降りかかった。

少年は蓮を見下ろして、ヤマモトシンイチと名乗った。

蓮は手についた砂を払い、名前を告げ、「引っ越してきたのか」と聞く。シンイチは、三号棟左端の階段を指さす。ひとつの棟に入口は四つあり、蓮も自分の使うバイパス側の入口を示した。

日が傾いて、シンイチの顔が黄金に輝いた。シャツの襟首はよれて、腕まくりして擦りむいた肘を気にしている。

砂場の木枠に腰掛けて、蓮は喘息の吸入薬をポケットから出して吸った。相撲には負けたが、芝と砂ですっかり汚れたシンイチのスニーカーに蓮は満足した。

2

校門を抜けると、昇降口の前で悲鳴が聞こえた。

二人の男子が一人の男子を追いかけ、握った砂を振りかけている。二人組は挟み込むようにして捕まえた男子の背中に、手の中に残っていた砂を全て流し込んだ。嫌がらせを受けた男子は顔をゆがめて涙をこぼした。

一部始終を見て、蓮は団地のゴミ捨て場でよく見かけるカラスとドブネズミの攻防を思い浮かべた。くちばしで突かれて、ドブネズミが腹から腸をこぼしながらぴょんぴょん跳ねて抵抗する。登校してくる児童を迎えていた若い男性教員が気づいて駆けつけると、いじめっ子の男子二人組は校舎に逃げ込んでしまった。

繰り広げられた展開に蓮は怯んだ。何年生か知らないが、あの二人組とだけは一緒の学級になりたくなかった。

これから大人数と渡り合わなければならない。級友皆が、弱いものをいじめる人間だったらどうしよう。自分が攻撃の標的になったらどうしよう。不安が募り、今すぐ学校から逃げ出したくなった。

席に着くと、前に座った男子が「よろしく」と握手を求めてきた。コダマケントと名乗る。ケントは自分の前に座る男子を「こいつはヨウスケ」と指した。ヨウスケはいきなり蓮に「お前、チビだな」と言った。

ケントとヨウスケか。何てことだ。目の前が真っ暗になった。この二人組こそ昇降口の前で見かけたいじめっ子コンビであった。

二年間特別支援学級で過ごした蓮はからかわれたり、いたぶられたりする気がかりがあった。教室内の話し声が反響してすでに耐えがたい。実際の人数より多くの人間に取り囲まれている錯覚があった。全員が蓮を痛めつけてやろうと虎視眈々と隙を狙っている気がした。

始業式とホームルームの時間をやり過ごすと、緊張は解けた。教室では知っているもの同士、また新たに打ち解けたもの同士、雑談している。蓮も居場所を見つけて和気あいあいと一年間やっていける気がした。何事もなく終業の時刻を迎える。不安は杞憂に過ぎなかった。黒縁眼鏡の根元《ねもと》という男性担任から指示を受けて出席番号一番の女の子から号令がかかる。

起立、さようなら。

一同が頭を下げている間に根元はスライドドアに手をかけていた。頭をあげると、もう根元の姿はない。

どん、と衝撃が走った。

いつの間にか側にいたケントが体当たりしてきたのだ。突き飛ばされ、蓮は右の女子にぶつかる。女子は悲鳴をあげる。

女子児童の体に跳ね返される具合に、蓮はケントに向かって頭から突っ込んだ。ケントは蓮の頭突きをくらってのけぞり、後ろの机に手をつく。ただしそれだけで、何ともなさそうに打撃を受けた胸を撫でた。

二度目の攻撃に備えて蓮は構えたが、ケントは嬉しそうに笑った。

横からヨウスケが「お前、ケントに何すんだ」と怒る。だが、ケントは蓮に詰め寄るヨウスケの後ろ襟を摑んで引き戻すと「じゃあな」と手をあげ、ランドセルを肩に引っかけて出ていった。ヨウスケは「調子に乗るなよ」と言い捨ててケントを追った。

教室にまだ皆残っている。斜めになった机と椅子の間で蓮は立ち尽くした。女子全員が狂犬を見るような目で蓮を見た。蓮はぶつかった女子にごめんともぐもぐ呟いて教室を出た。

台無しだと思った。

ケントにやり返したが、気が済まなかった。蓮に敵意が微塵もないのに、ケントはいきなりぶつかってきて謝りもしない。それどころか何事もなかったように子分を連れて「じゃあな」と至極満足そうに去っていく。

全く理解できなかった。

特別支援学級で平和にやってきたのに、三年目の初日でこれだ。もう学校生活は決まったようなものだ。毎日彼らと過ごさなければならない。こんな事態がいつでも降りかかる。抵抗するか、ヨウスケのように腰巾着として過ごすか。

まともにケンカをして体格のいいケントに勝てるわけがない。ヨウスケにしたって痩せているが身長はケントより高い。小さい体でどんなに踏ん張ったところで彼らに敵わないと、蓮は一度ぶつかって身に染みてわかった。

また不意を衝いて攻撃を仕掛けてくるに違いない。気を抜けない。緊張の連続である。無事にやっていけるだろうか。

蓮は帰り道をひとりで歩く。途中、急に尿意を催した。学校のトイレに寄ってくればよかった。バイパスに出ると通学路はまっすぐだった。道路沿いは工場が目立つ。精密金属部品、コンクリート資材、プラスチック加工品などの工場に挟まれてスーパー、ガソリンスタンド、パチンコ屋、電器屋、ラーメン屋、本屋、焼き肉屋、靴屋、花屋、パン屋、弁当屋、美容院がごちゃごちゃと続く。そして道路から引っ込んだ緩やかに下った土地に団地の連なりがあった。

蓮にしてみれば建物はあるが「何もない」町だった。どこまでいっても同じ風景が続く。蓮は空き缶を蹴った。空き缶は不規則にはねて車道へ転がり、通りかかったトラックにひかれてめり込むようにアスファルトと一体になった。

赤と白の車止めアーチが二つ並ぶ団地の入口で蓮は視線を感じた。管理人が管理人室の前に仁王立ちで腕を組み、通過するもの全てを監視している。ごま塩頭を角刈りにし、金メッキ縁の茶色いグラデーションのサングラスをかけた初老の男だった。

サングラスが日光でぎらりと光った。

管理人の粘つく視線を逃れるように一号棟、二号棟を過ぎて入口階段に駆け込む。違和感があった。踊り場の壁際にあるプランターに見覚えがない。スプレーによる壁の落書きも初めて見るものだ。二階まであがって、そこが自分の住む棟でないと気づく。

同じ造りの建物が四つ並んでいるのだ。ぼうっとしているとたまに入口や部屋を間違える。そんな場合、蓮は不安になる。学校にいっている間に家族はどこかへ引っ越し、そこが赤の他人の住居になっている。ドアを開けると、知らない人が出てきて「お前は誰だ」と聞く。ここは自分の家だと言っても、お前なんか知らないと追い出されてしまう。

または、自分に両親は存在せず、ここが見知らぬ家であるどころか、見知らぬ街の見知らぬ団地であるという妄想。どこにも居場所はない。今ここにいる自分は何者でもなく、誰とも繋がりのない迷子の状態で放り出される。蓮は孤児として施設に収容され、一生をそこで過ごす。

そんなありそうもない事態を想像するのも、団地は転勤族が多く、頻繁に住人が変わるからだった。

外に出ると、やはりそこは二号棟だった。

「随分散らかってら」

軽蔑を込めて蓮は二号棟を振り返った。

三号棟はやはりしっくりくる。入口階段の郵便受けの周りの落書き。隅に置かれた高齢者向けの三輪自転車。雪かきのスコップ。タイヤの空気入れ。竹箒。見慣れた風景である。普段は意識しない地面にこびりついたガムや壁の汚れひとつひとつがここが家だと訴えてきた。

常盤団地にはエレベーターがないのに高齢者が多い。高齢者用自転車は二階に住むひとり暮らしのじいさんの持ち物だった。駐輪場に置かないで入口に置くのはルール違反だったが、駐輪場への出し入れが大変なので住人も管理人も目をつむった。

思い出したように尿意が襲ってきた。

蓮は駆けあがった。四階の踊り場に鉢植えなどはない。のっぺりとしたスチールの玄関ドアが二つ並ぶ。隣は子供のない夫婦が住んでいる。おじさんはトラック運転手で、おばさんはスーパーの食肉売り場でパートをしていた。時々、売れ残った牛バラ肉を今野家にお裾分けしてくれる。

蓮は我が家のドアノブを握って力一杯引っ張った。すると、鍵が閉まっていて腕が抜けそうになった。小便が漏れそうだった。

ランドセルのポケットから、なくさないようにたこ糸でくくった鍵を引っ張り出し、鍵穴に差した。一瞬、鍵が回らなかったらどうしようと考える。まだここが知らない人の家だという不安がかすかに頭に残っているのだ。鍵が回転し、安堵する。

ドアを開けると、足の踏み場のないほど、父の工具であふれかえっていた。床には工具箱が積み重なり、その上に載った樹脂製のコンテナからは電圧測定器やケーブルの類いがはみ出している。正面の狭いスペースに据えられたスチールラックにも工具がぎっしり詰まっていた。工具に付着したグリースのせいか、いつでも石油のような臭いが漂う。

下駄箱を見あげるとペンチやスパナが突き出ていて、今にも落ちてきそうだ。

ばん、と大きな音を立ててドアが閉まると、上から金槌が降ってきて脳天に当たった。工具で遊んでいて父に金槌で叩かれたのを思い出した。ヘッドで、ではない。柄の部分で叩かれた。それでも転げ回るくらい痛くて、血が出ていないか何度も鏡で確かめた。

蓮の父、今野俊夫《としお》は駐車場、飲食店、ビジネスホテル、公共施設などに設置してある自動精算機の管理、メンテナンスを請け負う会社に勤めていた。時々家でも機械を分解、修理していた。どんな仕事か蓮には具体的に想像できなかったし、興味もないので玄関を埋め尽くす工具はガラクタ同然だった。

便所に飛び込んで用を足してから、蓮は落ちた金槌を拾う。仕事道具に触れるとひどく怒られるので、適当に目立たないところに突っ込んだ。

二つ年上の兄、光平《こうへい》と共用の四畳半にランドセルを放ると、蓮は階段を滑るようにおりて、外へ出た。買い物袋を下げ、妹の咲《さき》の手を引いた母の多江《たえ》と入れ違いになった。咲は蓮についていこうと体をひねったが、多江に引き戻される。

待っていたように、シンイチが立っていた。

こいよ、と蓮は先に歩く。

シンイチはぶらぶらついてくる。

「いいか、管理人には気をつけろよ」

蓮は一番初めに教えた。

管理人は団地の秩序を守るのが仕事で、敷地内を遊び場にする子供の敵だった。管理人と子供の間には壁があり、対話や意思の疎通は一切ない。対立だけがあった。サッカーをすれば、管理人は即座にボールを取りあげる。爆竹を鳴らせば、バケツを持って追いかけてきて、火花でなく子供に水をぶっかける。大声で騒げば、拡声器を持ち出してはしゃぎ声を制した。威圧的にサングラスを光らせて勝ち誇る管理人を子供らは憎々しく眺めた。

蓮は中庭にある砂場の隅に鎮座する地蔵のような物体を指さした。バレーボールを二つ重ねたくらいの大きさで、雪だるまの形をして頭に石を載せている。笑ったような怒ったような顔で団地の人びとを見つめる。

マンネンが作った宇宙人像だよ。壊すとマンネンの家族に怒られるからな、と蓮は言い、マンネンとその家族が住む部屋を教える。

それから盲目だがプラモデル作りが趣味のじいさんの部屋、相撲取りみたいに太った双子のおばさんの部屋、ワコウ軍団のリーダーである六年生のワコウイッセイの部屋などを順番に教えていった。

団地で案内する所もなくなり、二人は一段低い駐車場に降りた。周囲の工場から金属を加工する不快な音が耳に刺さる。駐車場を過ぎると遊具のない芝とベンチと植木ばかりの公園があり、中央に跳び箱くらいの庭石が二つ転がっている。

「ここは処刑場だ」と蓮は言った。「みんなこの石の上でバッタとか、トンボとか、ガムシを潰すんだ」

シンイチは「へえ」と呟いて庭石に一度のぼって降り、二人は野球場へ抜けた。

野球場の外野エリアにはびこる雑草を踏み荒らして横断すると一軒家の建ち並ぶ住宅街に至る。

住宅街を歩くとだんだん木々が増えてくる。やがて水路にぶつかって行き止まりになり、その先は林があった。

蓮が得意になって案内する間、シンイチはポケットに手を突っ込んで大人しくついてきた。蓮の話に興味を持つでも、無視するわけでもない。「へえ」とか「ああ」とか緩慢に返事をする。

日が傾いた。これ以上進んでも、林の先には廃車置き場があるきりだった。

ひゅっと黒いものが横切った。

路上駐車しているセダンの下にシンイチが猫を見つけた。おいで、と這いつくばって手を伸ばす。

蓮もしゃがんでのぞきながら「お前、猫好きなの」と訊いた。黒猫かと思ったら、きれいな灰色の毛並みが見える。

「別に。前に飼ってたから」

「その猫どうしたの」

「ひかれて死んだ。母ちゃんに捨ててこいって言われて捨てたら次の日道ばたで死んでた」

蓮は視線をシンイチに向け、また猫へ戻した。

「この猫も放っておいたらひかれちゃうだろ」

シンイチは言った。

「捕まえてどうすんだよ、団地はペット禁止だぜ」

知ってる、とシンイチは言った。

猫は反対側の側溝を飛び越えて民家の塀の隙間に入って見えなくなった。

「蓮、何してる」

背後から、兄の光平の声がしてびくりとする。しゃがんだままため息をつくと、光平は蓮の背中を蹴った。

おい、二号をいじめるなよ、と別の声がする。二号、というのは団地内での蓮のあだ名で、光平の弟だから「二号」と呼ばれた。ワコウイッセイの声だ。蓮は慌てて立った。シンイチも立って、砂のついた手を払った。

ワコウ軍団のボスとして団地の悪ガキを束ねるワコウイッセイはロング缶のスポーツドリンクを片手に持って立っていた。後ろに蓮の兄の光平と同じく五年生のカトケンが控えている。三年生になったばかりの蓮とシンイチにとっては五、六年生は脅威だった。

イッセイは前屈みになって「おい二号、何してた」と蓮に被さるようにして言った。

「猫がいたんです」

蓮は答えた。

「誰の猫だ」

「ノラです。ちっちゃい灰色のやつです」

「よし、捕まえてこい」

イッセイはそう言ってスポーツドリンクをぐびぐびと喉を鳴らして飲んだ。

え、でも、と蓮はしどろもどろに呟いた。

イッセイは笑った。

その間に光平とカトケンがシンイチに絡んでいる。こいつ誰だ、と光平がシンイチの肩を押す。シンイチは「ヤマモトシンイチです」と教員に答えるように言った。

カトケンが「耳から毛が飛び出してるぞ」とシンイチの耳を摘んだ。やめろ、とシンイチは体をひねってカトケンの手を逃れた。

蓮は割って入って「引っ越して来たんだ」と光平に言うと、光平は「おめえに聞いてねえよ」と蓮の頭を小突いた。

何か用ですか、とシンイチは光平に挑むように言った。蓮は「ばか」とシンイチの腕に触れた。

光平は「おい、ミミゲ」とシンイチに「あんまり調子に乗んなよ」と近づく。

シンイチは後じさる。

カトケンが「イッセイ君、もういこうぜ」と促すと、イッセイは「猫捜せよ」と蓮に言って歩き出した。光平は「うろちょろすんなよ」と憎々しげに蓮をにらんでイッセイについていった。

光平はいつだって弱いものをいじめるが、カトケンはいくらかおおらかだった。

シンイチは兄貴に目をつけられたな、と蓮は思った。

「どうやってネコを捕まえよう」

蓮が聞くと、シンイチは「無理だよ」と言う。

「だってイッセイ君がやれって」

蓮は言った。

「どうせ捕まえたってさっきのイッセイっていう人のおもちゃにされて、また捨てられて結局ひかれちゃうんだ」

お前、暗いな、と蓮は言った。

二人は猫が飛び込んでいった民家の塀の間に入っていった。すると、ぎゅん、と窓が開き、ばあさんが無表情で見下ろす。蓮とシンイチは体を硬直させた。敷地内に侵入したので叱られると思った。老婆は顔を出してぴたりと静止し、やがて勢いよく窓を閉めた。蓮は胃がきゅっと縮むのを感じた。

民家を抜けると、空き地があり、新たな住宅建設を知らせる看板が突き立ててある。猫の気配はない。

二人は住宅街の路地をぐるぐる回り、空き地の草を蹴りながら水路沿いを歩いた。向こうからブルドッグを連れた女性が来る。ブルドッグが道路脇の茂みに向かって吠えた。

蓮はその茂みにさっきの猫が潜んでいると見当をつけて飛び込み、その場で両足でばたばた地面を踏んで追い出そうとした。シンイチは笑った。散歩していた女性は不審がって少年たちを避け、ブルドッグを引っ張っていった。

いよいよ日が傾いた。シンイチがもっと捜そうと言うので、蓮は驚いた。お前、母ちゃんに怒られるだろ、と蓮が言うと、シンイチは目をぱちくりさせて「なんで」と聞く。なんでって、もう遅いからだよ、と蓮は言う。

「母ちゃんは怒らないよ」

シンイチは言った。

「じゃあ、父ちゃんは」

「いない」

風が冷たかった。二人は濃くなった夕暮れの中をけだるく団地へ向かった。「猫を捕まえろ」というのはイッセイが意味もなく言った冗談だと二人ともわかっていた。それでも猫を捜したのは、とにかく暇だったからである。

3

放課後、蓮は憂鬱だった。

毎週木曜日は母の多江につき添われての耳鼻科の通院日だった。鼻炎の治療である。家で多江と妹の咲が待っているので、できる限り早く帰らなければいけない。放課後の自由な時間が、病院で潰れるのは苦痛だった。病院はいつも混んでいて、間違いなく一時間は待たされる。消毒液や薬品の臭いも気分を落ち込ませた。

蓮はランドセルに教科書を詰めながら、綿棒や細長い金属の器具を鼻の穴から突っ込まれる治療を思い浮かべた。今日も痛い思いをするのだ。診察が終わると、隣の部屋に移動し、二股に分かれた吸入器を鼻に差し入れる。看護師がタイマーを回す。ぐうん、と音がしてホースにつながった吸入器から薬品を含んだ蒸気が噴出し、十分間吸い続ける。苦しく、鼻の奥にしみて痛いので、いつも吸入器を外して蒸気のほとんどを外に逃がした。

休診日だったり、多江に用事があって病院にいけない日があると、蓮は得した気分になるが、薬が切れて困るのは結局自分だった。

アレルギー体質のせいで、他にも結膜炎で眼科に、アトピー性皮膚炎で皮膚科に、小児喘息で小児科に月に一度ずつ通っていた。物心ついた時から、埃っぽい場所にいるだけで目がかゆくなり、涙や鼻水がぐずぐずと流れてきて、呼吸が苦しくなる。お前はアレルギーのデパートだと蓮に言ったのは光平である。

下駄箱で靴を履き替えていると、ケントが話しかけてきた。教室で人気のある男子に話しかけられ、蓮はつい得意になってこの前の恨みを忘れた。年長者に構ってもらうような心地よさを感じて蓮は「何」と明るく返事をした。

また不意の攻撃を仕掛けてくるかもしれない。期待と警戒、半々だった。横にはいつものようにヨウスケがくっついている。

俺たちと一緒にこいよ、とケントは言った。

蓮は答えに困った。ついていきたい気持ちはあったが、彼らとは帰り道が逆である。

迷っていると、ヨウスケが割って入ってきて「ねえ、こいつなんかに教えていいの」と甘える口調でケントの袖を引っ張る。

ケントは「お前は黙ってろ」とヨウスケの手を払う。別に嫌がらせを仕掛けてくるわけじゃなさそうだ、と蓮は思った。

口は堅いか、とケントが聞く。蓮は頷く。そんなことは考えたことがなかった。他人の秘密に興味がなかったし、自分の秘密と言えば、家の冷蔵庫の牛乳をひとりの時にコップに入れないで口をつけて飲んでいることぐらいだった。

「雑木林でいいものを見つけたんだ、それが何か、そこへいくまで教えられない、一緒にくるか、さっさと帰るか、どっちだ」

ケントは言った。

あまり惹かれない。雑木林は学校の東だ。家と反対方向である。それに木が鬱蒼と生え、ジメジメしているところは虫が多いから苦手だった。

「ねえねえ、レンは置いていこうよ」

ヨウスケはケントにすり寄る。くるのが嫌ならさっさと帰れというわけだ。

いこうぜ、とケントは蓮の肩に手を回す。

これはよい兆候に思えた。小さな自分が、教室で明らかにリーダー格であるケントと渡りあえるかもしれない。それにしてもケントと仲良くなりたい男子は大勢いるにもかかわらず、なぜ自分が秘密の共有を持ちかけられたのか謎だった。

なぜだ、と蓮は聞けなかった。お前なんかと遊ぶわけないだろ。お前をいじめるためだと笑われる気がした。そんなふうに突き放されて、失望するのが怖かったのだ。

聞いてみたい気持ちと、聞きたくない気持ちが両方あった。だが、ケントに対する不信感よりも好奇心が勝り、気づいたら「いく」と蓮は答えていた。

「どうした、早くこいよ」

ケントの大人びた声は蓮のヘソについたひもを引っ張るようだった。

帰りはいつも校門を出て左へ曲がる。右にいくのはこれが初めてだった。ケントとヨウスケにとっては慣れた下校コースだろうが、蓮にとっては知らない道だ。蓮は冷たいプールに飛び込むような気持ちで校門を右に折れた。

いいか、絶対に誰にも言うなよ、とケントは道中何度も言った。

ケントに対する警戒がすっかり失せたわけではなく、不意をつく攻撃に備えて蓮は尻の穴に力を込めて歩いた。不意に押されたり蹴られたりしても耐えられるように。

知らない道、見慣れぬ商店街を通り過ぎる。通行人がよそよそしく見えて、蓮は自分がいるべきでないところにいると皮膚で感じる。他人の領分に闖入したようで居心地が悪かった。

住宅街を左に折れたり、右に折れたりしているうちに不安が募ってきた。一人で帰り道をたどれるだろうか。この二人が親切に案内してくれるはずがない。置き去りにされる気がする。目印として郵便ポストや広告看板を目に焼きつけた。

路地を抜けると視界が開ける。田畑を突っ切って、水路を越える。荒れ放題の空き地を経て、ケントの言う林にいきついた。方向感覚が狂い、今自分がどこにいるかわからなかったが、この林が常盤団地から見える林とつながっているような気がした。

雑草の茂る轍が奥へ続く。鬱蒼として道の先は見通せない。

ケントとヨウスケはためらいもせず草を踏みしめて進んでいく。木立から山鳩の鳴き声が聞こえた。田畑に沿って流れる水路の音が背後から耳に届く。悪路のところどころに深い水たまりが現れた。

分け入るにつれ、雑木林は薄暗くなってきた。

静かで、山奥にいるような錯覚を覚えた。ホウホウ、ホホウ、と山鳩が鳴き、追いかけるように別の鳥の鋭い鳴き声が空気を貫く。

道の先に何があるのだろう。心許なく、蓮は遅れないように二人についていった。

前方でヨウスケが足を止めた。蓮は追いつこうと急いだ。どんどん深くなる草を夢中でかき分けていくと、ヨウスケに足をかけられて蓮は前のめりに転んだ。口の中に草が入り、苦い味と草の青臭い臭いが口腔に残った。蓮がツバを吐くと、ヨウスケはばかみたいに笑った。

油断したと蓮は思った。ついケツの穴の力を緩めてしまった。

腹が立って、蓮はヨウスケの脛を蹴った。何すんだよ、とヨウスケも蹴り返す。小競り合いをしていると、先をいくケントが「おい」と手をあげて制する。それから目印のつもりで置いたのか、重石を載せたポテトチップスの空き袋を示して「ここだ」と言った。

絶対誰にも言うなよ、とケントは蓮を振り返る。しつこく口止めされるといやが上にも期待が高まる。何を見せたいのか。秘密基地か、洞窟か、廃屋か、宝物か、それとも人の死体でも見つけたのだろうか。

臆する蓮を尻目に二人は茂みに分け入る。アーチをくぐるような姿勢で蓮も続いた。尖った草や四方から突き出る木の枝が顔をひっかく。目をつむって手探りで進む。柔らかい土を踏み、足がめり込む感触がある。はぐれないように蓮は前をいくヨウスケの背中を探ったが、手を払われた。目を細く開けると、二人は茂みを抜けた先で待っていた。

早く来いよ、とケントが手招きする。

頭に載った葉を払い、ズボンに無数に刺さっている植物のトゲや種子を摘んで取った。

そこに池があった。

野球のフィールドでいうと、内野くらいの大きさだった。木立に囲まれ、深い草が茂って全体は見渡せないが、ひょうたんのような形をしているようだ。

どうだ、というようにケントが満面の笑みを浮かべて蓮の反応を待っていた。

蓮のほうは、これから何かすごいものが見られるという期待を膨らませる。この池に潜むものをケントが明かすのを待った。

ケントは得意気な表情で蓮を見つめ、剽軽《ひょうきん》に眉をくっとあげた。つられて蓮も眉をあげた。

ああ、と蓮は気づいた。

雑木林へ蓮を連れてきてケントが見せたかったものとは、何のことはない、池そのものだったのだ。

蓮の頭から秘密基地も洞窟も廃屋も宝物も死体も消えた。だが、はっと我に返り、失望を内部にしまい込んで「びっくりした」と抑揚のない調子でお世辞を絞り出した。

すげえだろ、と言うケントに蓮は「すげえ」と合わせた。ケントは満足げに頷いた。ヨウスケは蓮を睨んで「け」と地面を蹴った。

蓮が何か言おうとした途端、ケントは静かにしろというように人差し指を立て「カモだ」と声を潜めた。

池の左手奥、草で死角になっている辺りから子連れの鴨が鏡のように澄んだ水面を切って現れた。鴨が対岸まで泳ぎきると、波紋はゆっくり池全体に広がり、蓮たちの足元まで届いた。

魚影でも見えないかと、蓮は水際に寄ってしゃがみ、水面に指でちょんと触れた。水が冷たかった。

せせらぎが聞こえる。水底から清冽な水が湧き出して循環しているのか、池の水は澄んでいた。

おい、あれ出せよ、とケントはヨウスケに声をかけた。

ヨウスケはランドセルから渓流釣り用の振り出し竿を取り出した。仕掛けが入っているのか、プラスチックの小箱を見せてかたかたと振って見せる。

餌はあるか、とケントが聞くと、ヨウスケは「ない」と答えた。

「どうやって釣るんだよ」

「だってケント君が土を掘ればミミズがいるって言うから」

「こんな草むらにいるかよ」

「いるかも」

「じゃ、掘ってみろ」

ケントにそう言われ、ヨウスケは「畑まで戻ればいるよ」と陽気に言った。

ケントはため息をつき、釣りに興味をなくして尻をついて座った。興奮気味に蓮を池まで案内したケントは結局退屈して石を横投げで投げ込む。石は二度か三度水面をはねて沈んだ。すぐに蓮も退屈した。ケントに倣って石を投げる。

鴨の親子はどこかへ隠れて姿が見えない。山鳩がホウホウと鳴く。静かだった。

うわ、蓮の脇腹に何かついているよ、とケントが急に立って言った。

蓮は体を捻ってトレーナーシャツの生地をたぐった。脇腹に光沢のある黒い虫がついている。羽に白っぽい斑点を持つカミキリムシだった。しゃっくりのような引きつった声を発して「とって、とって」とケントとヨウスケに迫る。

二人は面白がって、「こっちに来るな」と逃げ回り、狭い場所で追いかけっこのような具合になった。

蓮はシャツの生地を引っ張ってカミキリムシの進撃を遅らせようとしたが、無駄だった。体を振っても落ちない。着実にカミキリムシはキシキシと歯を鳴らしながら上へ這ってくる。

ケントもヨウスケも笑うばかりで助けてくれない。蓮の目から涙がこぼれる。「わあああ」と蓮はパニックになってめちゃくちゃに腕を振り回す。

ケントはようやく蓮の脇腹を這うカミキリムシをむしるように摑んで池に放った。カミキリムシは水面に仰向けに落ち、足を忙《せわ》しく動かした。

たかが虫のせいで泣いたのが恥ずかしくて、蓮はまだ腹を抱えて笑うヨウスケから離れて背を向けた。カミキリムシが這ったところが汚れたような気がして指でこすった。それから全身をくまなく払った。恐怖が体の芯に残っている。まだどこかに昆虫がついている気がして身震いし、キンタマが縮んだ。

からかうのに飽きて、ケントとヨウスケは池の縁にしゃがみ、頭から突っ込みそうな体勢で水中をのぞき込んでいる。水草の陰に垣間見えるらしい魚影を巡って鮒だ、鯉だと二人は言い合う。ヨウスケの縦に長い背中と、散髪したばかりのすっきり刈りあげられた後頭部を見ているうちにむらむらと怒りがこみあげてきた。蓮が本気で虫に怯えていたのに、面白がるなんて。

目の前がぐらりと揺れた。蓮はヨウスケの背中が迫ってくる錯覚を覚えたが、実際は自分がヨウスケに向っていった。そう意識した時、蓮は目の前の背中を力一杯押していた。

木の上の巣から飛び降りる雛鳥みたいに手をパタパタ動かしてヨウスケは池に落ちた。静寂が壊され、はねた水が蓮とケントにかかった。

ヨウスケは腕を振り回して水面を叩き、すぐに体勢を整えて立った。池は案外浅い。膝まで水に浸かり、上半身はそれほど濡れていなかった。顔面の水を片手で拭ってぶはっと息を吐き、ぶるぶると震えた後、ヨウスケはゾンビみたいに両手を前に突き出して池からあがってきた。

水からあがるとヨウスケはじっと蓮を睨んだ。水浸しで、膝から下は泥で薄茶色に染まっている。思い出したようにヨウスケは靴と靴下を脱ぎ、ベルトを外す。トレーナーシャツを脱いでジーンズを降ろそうとするが、濡れた生地がぴったりと肌に張りついてうまくいかない。そのうちバランスを崩して尻餅をついた。

「くそ、てめえ、やりやがったな」

ヨウスケが涙を浮かべて蓮に毒づくと、ケントは笑った。

座ったまま足を伸ばしてズボンを脱ごうとするのをケントが手伝う。ジーンズは裏返しになってすぽっと脱げた。そのジーンズをケントが投げて寄こしたので、蓮は裾を池の水で洗い、丸めて絞った。

それじゃだめだ、とケントがジーンズを広げて「そっちを持て」と言う。

蓮が穿き口を持ち、ケントが裾を持って体をよじる。もう回らないというところまでひねり、ケントは「ちゃんと持ってろ」と力を込めた。ねじれたジーンズからびちゃびちゃと水が滴った。

Tシャツとパンツという格好で、ヨウスケは靴下を絞りながら「やりやがったな、やりやがったな」と怒りで声を震わせた。

その傍らで蓮とケントはヨウスケの靴を振り回して水気を切った。ヨウスケが服を着終わると、ケントは「やり過ぎだ」と蓮の頭を軽く叩いた。

蓮は自分のしたことが信じられなかった。人を池に突き落とすなんて。池が深かったら溺れていたかもしれない。ヨウスケが死んだら俺は人殺しだ。

ごめん、と蓮は小声で呟いた。

ヨウスケは「ゆるさねえ」と恨みを込めて息荒く言うだけだった。

三人は黙って池を離れた。

林から舗装された道路へ出ると、ヨウスケの後ろに濡れた足跡が残った。蓮もケントもその足跡を見ても笑わなかった。道中、ヨウスケは「絶対ゆるさねえからな」と独り言のように呟いていた。

4

高く聳えるマンション群が見えたところで、蓮は二人と別れた。同じマンションに住んでいるらしい。何を話しているかわからないが、後ろ姿の二人は蓮と一緒にいた時より和気あいあいとした雰囲気だった。

案の定、置いてけぼりを食った蓮はきた道を辿って小学校を目指した。しかしすぐに方向がわからなくなった。住宅街の十字路に立つ。どの道も、きた時に通ったように思えた。ひとつの道を選び、また分かれ道にさしかかる。どこにも通じない迷路にはまり込んだ気がした。目印にしようと思っていたポストも広告看板も見つけられなかった。

ふと、向こうから異様なものがやってくる。ジョギングする太ったおじさんかと思ったが、丸みを帯びた黒い物体だった。はねるような走り方で迫ってくる。トレーナーシャツの下にふつふつと汗がにじんだ。魔人だった。蓮がひとりになるのを待ち構えていたのだ。追いつかれると、この世から消されてしまう。蓮は駆けだした。とにかく魔人と逆の方向へ走った。

ゴムがバウンドするような音が後ろから追いかけてくる。右に折れ、左に折れ、また右に折れる。学校帰りの児童や学生服の中高生や犬を連れたじいさんとすれ違ったが、なぜか魔人は蓮だけを追いかけてくる。一定の距離を保って近づきも離れもしない。

依然、ここがどこかわからない。心細くなって泣きたくなったところで、蓮は道路標識に小学校の案内を見つけた。そこで振り返ってみると、魔人は消えていた。目印の郵便ポストも見つけ、ようやく校門まで戻ってきた。後はいつもの帰り道である。

そこまできて蓮は慄然とした。

耳鼻科をすっぽかしたことに思い当たったのだ。もう病院の受付時間は終了している。家では多江が怒り心頭で待っているはずだ。蓮はこれから間違いなく受ける罰に恐怖し、どうにかそれが起こらないで済む方法に考えを巡らせたが無駄だった。

多江にわけを正直に話せば、頰を張られて父の俊夫に報告されるだろう。多江はきっと騒ぎ立てる。蓮がどれだけ大変な間違いを犯したかを強調する。帰ったばかりで腹が減っている俊夫は苛々して蓮を叩く。絶対にそうなる。

団地までくると遠くの工場群から鉄を切断する機械の耳障りな音が響いてくる。バイパスから流れてくる空気は埃っぽく澱んで、蓮は咳き込んだ。ひとしきり咳をして、痰を吐き出す。

誰かが中庭の砂場にうずくまっている。子供にしては大きい。赤い自転車がある。砂で人形を作るマンネンだった。表面の砂が乾いているので、深く穴を掘っている。

そこへ管理人が現れた。青い如雨露《じょうろ》を持っている。一度、威嚇するようにサングラス越しに蓮を見て、砂場へ向かう。

マンネンは近づく管理人に気づかない。

管理人はマンネンの正面に回ると、如雨露を傾けてちょろちょろと水を撒いた。

するとマンネンは濡れて固まりやすくなった砂を活発にかき集め、塊を大きくした。土台が強固にできると、その上にもうひとつの塊を慎重に重ねた。

「今度のは何星人」と管理人が聞く。

マンネンは「ドルジ星人」と管理人を見あげると顔を輝かせて「国宝」と言った。

蓮は砂場に近づいた。

頭の後ろから「こんばんは」と声をかけられて、蓮は「わ」と声をあげた。

両手に買い物袋をぶらさげたシンイチの母ちゃんが立っていた。全く気配を感じなかった。パートで働く、バイパス沿いにある弁当屋からの帰りらしい。シンイチの母ちゃんは年齢不詳で、少し疲れて見えた。髪の毛を茶色に染めていて、つむじと真ん中の分け目が灰色だった。

ぼそぼそとシンイチの母ちゃんは何か言ったが、声があまりにか細くて聞き取れない。

蓮が「え」と聞き返す。

シンイチの母ちゃんはさっきと同じくらいのボリュームで「シンイチは」と聞く。「さあ」と蓮は首をかしげる。「一緒じゃないの」と聞かれ、頷く。

おもむろにシンイチの母ちゃんは、買い物袋から三つパックのヨーグルトを取り出す。ビニール包装を指で破り、ひとつを蓮に差し出す。

反射的に蓮は「いいです」と遠慮した。

シンイチの母ちゃんはぼそぼそとまた何か言った。

え、と蓮は顔を近づけた。

いいから、いいから、とシンイチの母ちゃんはヨーグルトを蓮の手に押しつけた。

蓮は礼を言った。買い物袋からか、シンイチの母ちゃん自身からか、とんかつの匂いが立ちのぼって漂ってきた。食欲をそそられたわけでもないのに、植物油の匂いを嗅いで蓮の腹がぐうと鳴った。

腹の音が聞こえたのか、シンイチの母ちゃんは「とんかつもあげようか」と聞く。

蓮は首を振る。

シンイチの母ちゃんが何か呟く。耳を近づけると「いっぱいあるから」と言う。

蓮はもう一度首を振った。

多江は何かをもらって帰ると怒る。お礼にいったり、何かしらお返しをしなきゃいけなくなるからだ。

シンイチの母ちゃんは足音を立てずにゆっくり歩いて入口から階段をあがっていった。シンイチは毎日とんかつを食っているのかと、蓮は思った。その割にはシンイチも母ちゃんもずいぶん痩せてるな。

家に帰り、こっそり玄関に入ると、多江と咲の靴があった。夕飯の焼き魚の匂いが漂う。どどど、と咲が裸足で走る足音が聞こえ、蓮は慌てて一度ドアを閉める。もう一度そっと開くと、咲が待ち構えていて「おかあさん」と大声で呼んだ。

咲に引っ張られて台所へいく。叱られる前に蓮は「ごめん」と言った。

返事はない。

「友達と遊んでたら忘れたんだ」

蓮は言ったが、多江は蓮に背を向けたまま無視して台所仕事を続ける。

茶の間のテレビの前に座った咲が大声を発した。

毎週観ているテレビアニメが始まったのだ。オープニングの歌に合わせて手を叩き、狂ったようにでたらめな歌詞を叫んでいる。

甘い焼きたてのパンの匂いがした。正座して画面を見つめる咲はパンをかじっている。野球のグラブみたいな形のクリームパンにかじりついている。

俺も食べたい、と蓮は台所の多江に言ったが、返事はない。半分ちょうだい、と咲に手を出す。咲はテレビに夢中である。

テーブルの上にパン屋「アンデルセン」の袋があった。袋に手を入れると「あんたのはないよ」と多江が台所仕事をしながらぴしゃりと言う。後ろを振り返りもしないで、どうして袋を覗いたのがわかったのだろう。

俺もパン食いたい、と訴えても多江は相変わらず聞き流す。半分よこせ、と蓮がクリームパンを取りあげようとすると、咲は「さきの、さきの」と譲らない。蓮はムキになってパンを掴む。蓮の指がクリームパンに食い込む。咲は取られまいと引っ張る。クリームが床に落ちる。

ぎゃあ、と火がついたように咲が泣き出した。

台所から駆けてきた多江が、ばちん、と両手で挟むようにして蓮の頰を張った。

同時に玄関ドアが閉まる音が響く。俊夫が帰ってきた。俊夫は乱暴に上着を脱いで、音を立ててバッグを放った。

「空気が澱んでいる」と俊夫は言った。「窓を開けろ、豚小屋みたいだ、息を吸うだけでむかついてくる」

どうして耳鼻科を忘れていられたのだろう。どうしてムキになってクリームパンを妹から取りあげようとしたんだろう。どうして言いつけと逆の行動をしてしまうのだろう。いつも後悔がついて回る。蓮は自分でも不思議でならず、何もかもが嫌になった。

第二章

1

三年前に引っ越してきて以来、常盤団地にどういう人が住んでいるのか謎だった。同じ年頃の子供でさえ、全員知っているわけではない。ひとつの四角い建物にたくさんの部屋があって、知らない人同士が集まっている。そんな棟がいくつも並ぶ団地は蓮にとって奇妙な場所だった。

老朽化して家賃の安い団地を終の棲家とする老人も多く、部屋の前に置かれたショッピングカートをよく見かける。手押し車を押して一歩ずつ歩くじいさんばあさんたちが、どうやって上階までいくのか謎だったが、意外にもすいすいあがるのを蓮は時々目撃した。一方で、ひとり暮らしの部屋から救急車で運び出され、死んだか施設に入ったか、それきり戻らないという話も珍しくない。

常盤団地は一九九〇年代に、転入してくるサラリーマン向けに建てられた。現在も転勤族の出入りがあり、地元の工場に勤務する工員や外国人労働者も多く住む。

物騒な周辺地域に比べれば、団地内は平和だった。「庭師」と呼ばれる自警団がいるおかげらしい。

引っ越してすぐの頃、蓮の家の真下に住むひとり暮らしの男が住居侵入と窃盗の容疑で逮捕されたと両親の会話から知った。団地でなく、一軒家で犯行を重ねていたという。逮捕されるまで近所に泥棒が住んでいたなんて想像できなかった。蓮はその泥棒を二、三度見かけたが、小太りで人がよさそうだった。

団地の住人同士挨拶を交わすが、蓮は他の棟に住む人と距離を感じた。同じ棟で、子供のいる親同士なら立ち話をする程度のつき合いはある。

お互い関わりが少ない割には、常盤団地の住人は、住人以外の人が敷地に入ってくるとすぐ察知した。

蓮にも外部の人はすぐ見分けられた。

歩き方や視線でピンとくる。中庭で遊ぶ子供たちも住人と団地外の人の区別がつくらしく、知り合いを訪ねてきた人に対して「あ、あやしいひと」とか「ときわだんちになにかようですか」なんて声をかける。石を投げつける子供もいた。

団地を囲む私道は自動車は進入禁止なので、高齢者がゆったり散歩し、子供が走り回り、中高生がスケートボードのテクニックを磨き、マンネンが自転車で暴走していた。

中庭は芝生になっている。一号棟と二号棟の間には砂場、ブランコ、滑り台、シーソー、ジャングルジムといった遊具が備えられ、中央に棟の高さに迫るプラタナスが枝葉を広げて日陰をつくる。二号棟と三号棟の間には遊具はなく、矩形の集会所とどっしりしたケヤキが一本あるだけだった。三号棟と四号棟の間にも遊具が揃い、こちらには丸い樹形のカシノキが立つ。どの広場もテニスコートよりも広いが、ボールを使った遊びは一切禁止されていた。野球やサッカーはもちろんだめ。バレーボールもゲートボールもだめ。バドミントンさえ禁止である。小さい子供や老人の脇を自転車やスケートボードが際どくすり抜けているのに、ボール遊びは許されなかった。

通行人を守るためか、窓ガラスが割れるのを防ぐためか知らないが、とにかく球技は厳しく見張られていた。見張っているのはもちろん管理人である。監視カメラなどないはずなのに、ボール遊びを始めた途端に管理人が現れる。

ボールで遊びたいなら駐車場の向うの野球場へいかなくてはいけないが、そこまでいって遊ぶ子供はなかった。

ある日の学校帰り、蓮は三号棟の前で足をとめた。団地の事情をまだ知らないシンイチが軟式の野球ボールを壁にぶつけている。

蓮はシンイチに肩をぶつけて跳ね返ってきたボールを奪った。何だよ、とシンイチが取り返そうとするので、「管理人がくるだろ」とボールを腹に当てて押さえる。返せ、とシンイチがボールに手をかけた。

引っ張りあっているうちに、ボールは二人の手からこぼれて転がった。

つかつかと革のサンダルが地面を擦る音がする。蓮は視界の隅にちらっと光るものを認めた。管理人のトレードマークである安っぽい金メッキのサングラスが日の光を反射させたのだ。視線はどこを見ているかわからない。ボールは歩いてくる管理人の足下へ転がる。

蓮とシンイチは動きをとめた。

管理人はボールをさっと拾いあげ、きびすを返す。

シンイチが追いかけて「返してください」と挑むように言った。

管理人はシンイチを見もせず、かすれて甲高い声で「黙れ」と言った。

シンイチは怯んで、その場に立ち尽くした。

だから言っただろ、と蓮はシンイチの肩に手を置いた。

シンイチは蓮の手を払い、管理人室のほうを睨んだ。

「お前のせいでボール取られただろ」

シンイチは言った。

「ばか、お前が転がしたんだろ」

「お前が邪魔しなきゃ逃げられたのに」

蓮はシンイチの肩を押し、シンイチも蓮の肩を押した。それからもみ合った。ひとしきり髪を引っ張ったり、つねったり、叩いたりした後、二人は息を切らして縁石に腰掛けた。その時、団地に破裂音がこだました。

敷地内でかんしゃく玉なんかを使うのはワコウイッセイしかいない。蓮とシンイチはケンカも忘れて音のしたほうへ走った。

二号棟と三号棟の間の集会所の裏にワコウ軍団が集結していた。ランドセルが集会所の入口のスロープに放られて積みあがっている。どれも普段から乱暴に扱われているせいで型崩れして色あせている。

ワコウイッセイをリーダーとするちびっこギャングは主に団地内の小学四年生から六年生までの子供で構成されていた。六年生はイッセイひとりで、五年生のニイムラ、カトケン、光平を合わせた四人が中心メンバーだった。ニイムラは団地一番の秀才で、イッセイがいない時に偉そうにするので、年下の連中に嫌われていた。

四年生は、物静かなダイボウ、潔癖症のタテシタ、そしてワコウイッセイの弟ワコウアキラがいた。彼らがワコウ軍団の固定メンバーである。

パンパン、という鼓膜に突き刺さるような音が団地に響く。ワコウ軍団の面々は、ウサギの糞みたいな、色とりどりのかんしゃく玉を壁にぶつけたり、足で踏んだり、石で潰したりして破裂させていた。私道のアスファルトや壁に火薬の弾けた白い跡があちこちに残っている。

団地のベランダから布団叩きの手を休めて見下ろす主婦を除いて、何事かとわざわざ顔を出す人はなかった。日が照って暑いのに黒いジャンパーを着て、髪がもじゃもじゃの熊みたいな男が通りかかったが、そのまま通り過ぎた。

かんしゃく玉は管理人に向けた挑発だった。

火薬の破裂音を聞いているうちに、耳が慣れ、蓮の気分は高ぶってくる。管理人にボールを没収されたシンイチもワコウ軍団の輪の中へ入っていく。

蓮は躊躇した。ワコウイッセイにまつわる印象は悪だった。あの凶暴な光平を従えているのだから、どんな恐ろしい本性を隠しているのか知れたものではない。だが、恐れを抱けば抱くほどにイッセイから声をかけられたい、仲間に混ぜて欲しいという思いが膨らむ。

蓮にしたら六年生も五年生も大人と変わらず、全く反抗不可能な存在だった。逆に上級生のほうでは蓮たち三年生を、その辺を走り回る小さな子供のように扱う。ひとつ年上の四年生は、同じ年頃の人間として蓮はいくらか気さくに話ができた。

イッセイがスポーツドリンクを飲みながら、サッカーボールを脇に抱えているのを見て、蓮は「ああ」と焦がれるような吐息を漏らした。ここでサッカーをする気なのだ。かんしゃく玉を破裂させた上にボールを蹴るんだ。管理人がくるぞ。管理人が怒るぞ。蓮は期待に浮き立つような気分で、ワコウイッセイに視線を注いだ。シンイチも同じだった。

管理人をおびき出してどうするわけでもない。ただの嫌がらせである。日頃の恨みを晴らしたいだけだった。

団地の子供はワコウ軍団が何をしているか気になって仕方ないのに、自分から決して声をかけない。遠巻きにしながら、「お前も混ざれよ」と誘われるのを熱っぽく待つ。

光平は蓮がうろちょろするのが目障りであるらしく舌打ちをしたが、ワコウイッセイは自分に向けられた視線の意味をよく理解して蓮とシンイチを手招きした。

「お前ら、サッカーやらねえか」

ワコウイッセイは言った。

蓮は期待通りの言葉を受けてシンイチと視線を交わし、ランドセルを皆と同じ場所へそっと置いた。

イッセイはスポーツドリンクを左手に持ち替え、右手をニイムラに差し出す。

ニイムラはポケットから白のチョークを取り出して渡す。イッセイは豚の皮膚みたいな色をした集会所の壁にゴールポストの枠を描く。左右の柱を描いたところで、イッセイは「ダイボウ」と呼ぶ。

軍団で最も長身のダイボウが目一杯腕を伸ばして、ゴールポストの上枠の線を引いた。線はゆらゆらと波打ち、皆笑った。

よし、とイッセイは「向こうはあれがゴールだ」と反対側のツツジの茂みを指差す。スポーツドリンクをごくりと飲み、左手のサッカーボールを宙に放ると管理人への宣戦布告の合図のように思い切り真上に蹴りあげた。

一同、獣みたいに喚きながらボールを追って走り出した。肘でつき合い、足を引っかけ合って芝生を駆け回った。球技が禁止されていなければ、芝生はエネルギーを持て余した小さな野獣にとって理想的な遊び場だった。

敵味方に分かれてボールを奪い合う。蓮もシンイチと別れてグループに混ざろうとする。だが、蓮は皆の動きに合わせていったりきたりするのみで全くサッカーに加われなかった。

やっと目の前にきたボールを蹴ろうとして、光平に体当たりされて蓮は転んだ。今度は光平のボールをカトケンが奪う。カトケンが突っ走って集会所の壁に思い切りボールを蹴った。跳ね返ったボールは、イッセイがしゃがんで避けたので、シンイチの頭に当たった。

サンダルがアスファルトを擦る音が聞こえた。

誰かが「管理人だ」と叫んだ。

二号棟の陰から姿を現した管理人は、でんでん太鼓みたいに両腕を振る体操をしながら芝生に踏み入った。地面をつついていたスズメが飛び立つ。管理人は手を後ろに組み、視線をスズメの飛ぶ空へ向けたり、意味もなくバイパスを振り返ったりしてゆっくり近づいてくる。急ぐ必要はないという態度を見せるが、肩を忙しなく上下に動かす仕草がせかせかとして短気な性質を表していた。

少年たちは慌てなかった。やることは決まっていた。まずボールを確保し、思いつく限りの罵倒を管理人に浴びせて野球場方向へ逃げる作戦である。

しかし少年たちはぼうっと突っ立っていた。

管理人に気を取られて誰もボールを追いかけようとしない。最後にシンイチの頭に当ったボールは勢いを失いながら、まるで下り坂でもあるかのように管理人の足下へ転がっていった。どんなボールであろうと、なぜか決まって管理人のほうへ引き寄せられるのが不思議だった。

管理人は大儀そうに身をかがめてサッカーボールを拾って脇に抱える。そしてワコウイッセイを見据えて「サッカー禁止」と喉の奥から高く耳障りな声を響かせた。

イッセイはスポーツドリンクを一口飲み、顎をあげ、管理人を見下すようにふてぶてしく笑みを浮かべた。にらみ合いが数秒続いた。

返せよ、と言うイッセイに管理人はくるりと背を向け、引きあげた。

集会所の陰から見ていた小学一年生くらいの男の子が「僕のボール」とおぼつかない足取りで管理人に追いすがった。管理人は無視して歩き、男の子は顔をゆがめて涙をぽろぽろこぼした。ああ、ワコウイッセイはこの男の子からボールを取りあげて遊んでいたのか。知らないで走り回っていた蓮は恥ずかしくなった。

四年生のタテシタが男の子の代わりに管理人のいく手を阻む。ポケットに手を突っ込んで「おい、返せ」と地面にツバを吐く。後ろで男の子の泣き声が激しくなるのを聞いて、タテシタは「なあ、あいつのボールを借りたんだ、悪いのは俺たちなんだから、返してやれよ」と態度を軟化させた。

管理人は蠅でも払うように手を振ってタテシタを避け、一号棟のバイパス側の側壁にオマケみたいにくっついている管理人室に入り、音を立ててドアを閉めた。

ワコウ軍団はタテシタの後ろをのろのろとついていって管理人室を取り囲んだ。

道路側に面した窓から、これまで管理人が没収したコレクションが見える。子供の手の届かない棚にサッカーボールやテニスボールがスチールのカゴに入ってあふれている。バット、グラブ、ローラースケート、スケートボード、鉄パイプ、バール、虫取り網、ラジコンカー、たばこ、ライター、折りたたみナイフ、エアガン、爆竹、かんしゃく玉、笑い袋、鋸、マイナスドライバー、真鍮のラッパ、陸上競技用ホイッスル、用途不明の金属片。

軍団員一同は恨みがましく管理人室を睨んでいたが、やがて意気消沈し、腹を空かしてそれぞれの家に帰っていった。

集会所のスロープにタテシタが残り、サッカーボールを失って泣き止まない男の子を慰める。その様子を蓮とシンイチはぼんやり見ていた。明日取り返してやるからさ、とタテシタは男の子の頭に手を置いた。

タテシタは常に格好ばかり気にするキザな少年だった。ランドセルを必ず片方の肩にかけて背負い、ポケットに手を入れてけだるそうに歩く。ジーンズの裾をまくって明るい色のソックスを見せたり、ベースボールキャップを上向きにかぶったり、シャツの襟をくしゃくしゃにして無造作に立てたりと、見た目ばかりに関心を向けた。

野球をしてもサッカーをしても、靴やジーンズが泥で汚れるのが我慢できず、タテシタは積極的に動かない。温厚だが、服が汚れた時だけ激怒した。

タテシタは蓮とシンイチと同じ三号棟の住人でもある。ニイムラや光平のように偉そうにしないので、軍団の中で一番話しやすかった。

唐突にシンイチが「タテシタ君の家に遊びにいっていい」と聞いた。タテシタが優しいので調子に乗ったのだ。

ばか、と蓮はシンイチの肩を叩いた。

常盤団地では、一軒家の子供と違ってお互いの家に遊びにいくという習慣がなかった。それを言い出すのもはばかられた。どの家も造りは同じだし、皆自分の持っている古いゲーム機と数本のゲームソフトを他人に見られるのが嫌だった。自分の個室を持っていて、ゲームソフトのコレクションが充実していればいくらでも友達を呼べるが、そんなやつは団地にひとりもいない。蓮は自分の家に誰もきて欲しくなかったし、誰かに誘われたとしても気乗りせず、人の生活を覗くのはいけないと感じていた。

タテシタはふっと笑って、カズキが寝ているかもしれないし、手伝いもしなきゃいけないんだ、と言った。

カズキというのはタテシタの幼い弟である。三階の窓から転落して助かったことがあり、奇跡の子と呼ばれていた。

シンイチは諦めた。

「悪いな、うち父ちゃんいないから」

タテシタが言うと、シンイチは目を輝かせて「どうして」と聞いた。

蓮はさっきより強くシンイチを叩いた。

「女の人を追いかけて出ていった」タテシタは平然と言った。

いつ出てったの、とシンイチは聞いた。

お前、いい加減にしろ、と蓮はシンイチの口を塞いだ。シンイチはもがいて、蓮の手に噛みつこうとした。

すると、そこへ先刻見かけた黒いジャンパーを着た、もじゃもじゃ頭の熊男が現れた。脇に管理人が没収したサッカーボールを抱えている。

男の子はもじゃもじゃ頭に臆することなく近づいていってサッカーボールを受け取った。

「この子を送っていくよ」

もじゃもじゃ頭は男の子の手を引いて一号棟のほうへ去っていった。

蓮とシンイチは呆けたように黒いジャンパーの背中を見つめた。

庭師だ、とタテシタは小声で言い、「じゃ、俺も手伝いあるから」と走って帰った。

「うちとおんなじだ」とシンイチは呟いた。

「何が」蓮は聞いた。

「タテシタ君も父ちゃんがいないんだ」

シンイチはタテシタのまねをしてジーンズの裾をまくり、シャツの襟を立てた。蓮もズボンの裾をまくった。

2

日曜日、家まで迎えにいくとシンイチは柄の短い虫取り網を持ち、緑色の虫かごをぶら下げて出てきた。シンイチの家の奥から油の臭いが漂ってくる。

団地に引っ越してきてから、シンイチの母ちゃんはバイパス沿いの弁当屋で働き始めた。一日中、とんかつや鶏の唐揚げや魚のフライを作っている。体に染みついてしまうのだろう。

じゃ、いくか、と蓮は言った。

「俺の父ちゃんも、女の人が原因って母ちゃんが言ってた」

歩きながらシンイチは言った。タテシタの父ちゃんがいないと知ってから何度も同じことを話す。

「お前の父ちゃんはいついなくなったんだよ」

「ここに引っ越してくる前」

シンイチが父親を最後に見たのは去年のクリスマスだった。雪が降っていた。前にいた町も工場ばかりだった。シンイチと母は夕飯を済ませ、マンションで父の帰りを待っていた。勤務先の工場は、とっくに終業時間を迎えているはずだった。

シンイチと母は父が帰るまでクリスマスケーキを食べずに待とうと決めた。夜十時を過ぎると、やがて母は酒を飲んで寝てしまい、シンイチだけが起きていた。

何度か、シンイチは雪の積もった道路へ出て、工場がある方向を眺めた。白い雪がオレンジの外灯に照らされて不気味に明るかった。通る車はほとんどなく、歩くものもなかった。

玄関のドアの外で物音がした。いつの間にかこたつに突っ伏して寝ていたシンイチははっとして時計を見ると、午前一時だった。再び音がする。ノックでなく、何か崩れ落ちるような音だった。

玄関を開けると、外にサンタクロースの格好の上にダウンジャケットを着た父がウィスキーの瓶を抱えて横たわっていた。意識が混濁しているらしい父をシンイチは家の中に引っ張り入れた。

なぜか父はすすり泣いていて、シンイチに「ごめんな、ごめんな」と言い、シンイチは訳もわからず「うん」と返事をした。狭いダイニングキッチンで父と子で向かい合ってシンイチはケーキを食った。どこいってたの、と聞いたが、父はいびきをかいていた。翌朝、父はいなかった。

テーブルにリボンのついた小箱があった。シンイチは父のクリスマスプレゼントだと思って箱を開いた。中にはキャラメルが入っていた。シンイチはキャラメルをひとつむいてくった。冷えきってカチカチに固かった。無理に噛むと、歯について取れなくなった。

食べ慣れた味がした。父がいつもくれるパチンコの景品だった。

「母ちゃんは父ちゃんの居場所知ってるの」

蓮は聞いた。

シンイチは首を振って「父ちゃんは死んだって母ちゃんが言ってた」と言った。

「どうやって」

「わかんない、本当は母ちゃんが追い出したんだ」

「さみしいか」

「帰ってきて欲しい」

「俺は父ちゃん嫌いだ」

「なんで」

「怒るから」

「なんで」

「知らない」

蓮とシンイチは野球場にいた。

バックネットが聳え、小学校の黒板くらいのスコアボードが備えつけてある。他は一塁側と三塁側に細長いプラスチックのベンチがあるだけだった。バックネットは穴だらけで、スチールのスコアボードは錆びつき、ベンチはあちこち欠けて尖り、気をつけないと指を引っかけてしまう。外野エリアは荒れ放題で、雑草がはびこる昆虫の楽園だった。

右翼側は工場に面し、背の高い草が茂る。ライトの守備位置は踏みしだかれて地表が見えていた。工場へ近づくほどに草は深くなり、仕切りのフェンスはほとんど埋もれている。ここにボールが飛び込めば、まず見つからない。反対の左翼側は住宅街に面していて、頻繁に通り抜ける人があるので草は少なかった。

周辺の金属加工工場から板金を打ち抜く鋭い音が響き渡っていた。騒音だけではない。夜は暴走族がうろつき、野良犬も多い。野球場を舞台にして不良少年同士の乱闘事件も起きた。

野球場の草むらには巨大なバッタが生息している。その異常な大きさから、子供たちから「エンペラー」と呼ばれていた。

エンペラーの噂を聞きつけて虫取り網と虫かごを持ってくる物好きがいたが、エンペラーは見つからなかった。あまりに草が鬱蒼と茂って、野球場を通り道に使っている住宅街の住人から苦情が入り、町によって草刈りが行われる。すると虫たちは隣の公園に移動し、また草が茂ると戻ってきた。

いったい誰からエンペラーのことを聞いたのか、シンイチがある日突然、「捕まえっぺ」と言い出したのだった。

シンイチはやる気をみなぎらせて草にずんずん分け入った。フェンス沿いの深い草にシンイチの体は半分隠れている。蓮は苦手な毛虫や芋虫がズボンにつくのが嫌で、草むらの周縁で探すふりをしていた。

巨大バッタを初めて捕獲したのはワコウイッセイの弟アキラだった。去年の秋口のある日、立ち小便をしていたアキラは草の中から姿を現した巨大バッタに驚愕し、反射的に体を捻って小便をひっかけ、両手で捕まえたのだった。エンペラーの動きは鈍く、押さえつけてもじっとしていたという。ワコウアキラは団地の友達に見せて回り、元の場所に放した。

油でベトベトするポテトチップスの袋に入れられたエンペラーを、その時に蓮は見せてもらった。その辺にいるトノサマバッタの優に三倍、蓮の記憶では給食に出るコッペパンくらいの大きさだった。アキラは工場から漏れ出た化学物質によって昆虫が変異したという説を主張したが、金属加工で排出されるのは換気口からの粉塵だけである。

ぶん、と羽音がして、ライトの守備位置の辺りから何かが飛んできた。

蓮は顔を背け、バッタだと叫んだ。

バッタは五メートルほど飛んで草の中に着地した。シンイチが追いかけて雑草を足で踏むと、バッタはまた羽をバッと広げて逃げた。

「あれがエンペラーか」

シンイチは失望したように聞いた。

「あれは普通のトノサマバッタだよ」

「エンペラーなんて、どうせ嘘だろ」

「ほんとだよ、アキラ君が捕まえたやつ、野球のグラブくらいデカかった」

「うそつけ」

「ほんとだって」

蓮は本気だったが、記憶の中でバッタはどんどん大きくなっている。この前はコッペパンくらいだとシンイチに教えた。

その時、バックネットから二人組が現れ、三塁線を歩いて住宅街へ抜けていった。ワコウイッセイとカトケンだった。イッセイは手ぶらで、カトケンはランドセルを背負っている。

新しい遊びができたと、蓮はシンイチに合図を送って二人の先輩をこっそり追いかけた。後をつけているのがバレて怒られるのが怖かったが、好奇心が勝った。

ワコウイッセイとカトケンは野球場と道路を挟んで建つ、洋風の二階建ての家屋に入っていった。グレーの壁に黒い屋根、重厚な格子の門、シャッターの閉まった車庫が冷たい印象を与えた。

蓮はそこがカトケンの家だと知っていた。ワコウ軍団でカトケンだけが団地でなく一軒家に住んでいた。

一軒家に足を踏み入れた経験はなかった。住宅街一帯を見渡してみれば、カトケンの家は大して特徴を見いだせないが、団地の子供からしたら豪邸であり、大邸宅である。蓮は内部を見てみたかった。

他所の家を訪問してはいけない雰囲気のある常盤団地において、ワコウ軍団だけはいつもイッセイと弟アキラの共用の狭苦しい部屋に集い、二段ベッドにギュウギュウ詰めになってテレビゲームをしているらしい。なぜ広いカトケンの家に集まらないのか不思議だった。カトケンの両親が嫌がるのか、子供らが遠慮するのかわからないが、カトケンの家に入れるのはイッセイだけだった。

家から出てくると、カトケンも手ぶらになっていて、イッセイと連れだって団地を迂回してバイパスのほうへ歩いていった。

道すがら、カトケンが密談でもするみたいにイッセイの耳元に何か囁いた。イッセイはうんうんと頷く。落ち着きのないカトケンの様子から、二人が何事か企んでいそうな雰囲気が伝わってきて、期待が高まる。

どこかで他の軍団メンバーと合流するのかと思ったが、彼らは団地前を通り過ぎ、通学路を商店街方面へ向かう。

ワコウ軍団のボスが、最も信頼を寄せるカトケンを伴って、どこで何をするのか、蓮は知りたくてうずうずした。

カトケンとイッセイはバイパスからやがて商店街のほうへ折れた。蓮はせっかく家に帰ったのに学校へ続く道に抵抗を感じ、「やっぱり帰ろうぜ」と言ったが、先をいくシンイチに「見失うだろ」と腕を引っ張られた。蓮はシンイチの背中にパンチした。

商店街の手前で、イッセイは東南アジア風の雑貨屋に入り、カトケンは外で待機した。蓮とシンイチは店の向かいに路駐しているトラックの陰に隠れた。馴染みなのか、イッセイとオールバックの男性店員が話している様子が開け放たれた入口から見える。その時、カップルが店に入っていって視界が遮られた。すると表にいたカトケンが外に陳列してあった数珠のようなものと仏像フィギュアのようなものを腹の中に隠した。カトケンは店を離れ、後からイッセイもゆっくり出てきた。

蓮はシンイチとうなずき合って、さらに二人を追った。

いつの間に用意したのか、学校の上履きを入れる布袋をカトケンはぶら下げている。間違いなく中身はさっきの盗品だ。距離をとって観察する限り、彼らは八百屋や文具屋でも同じ手口で盗みを重ねたようだ。必ずイッセイが店員に話しかけ、カトケンがくすねる。見ている蓮もスリルを味わった。

中の様子がわからない和菓子屋にイッセイとカトケンが消えると、蓮は「もう帰ろうか」と聞いた。

シンイチは答えずに「おい、見ろ」と和菓子屋を指さす。

カトケンが店から飛び出し、続いてエプロン姿のおばさんと白い帽子の主人らしい男も現れた。おばさんは「待ちなさい」と言ってその辺でとまったが、主人はカトケンを追う。カトケンはまるでアイススケートでもしているみたいに商店街の通行人を右に左にすり抜けて逃げる。

振り返ると和菓子店からポケットを膨らませたイッセイが悠然と出てきてカトケンと逆の方向へ急ぎもせずに歩いていった。

カトケンがどこに向かったかわからないので、蓮とシンイチはイッセイを追った。すると、あらかじめ決めていたらしく、洋菓子とパンを扱うアンデルセンの前でイッセイとカトケンは落ち合った。

鼓動を全身で感じながら、蓮は満足してシンイチと拳同士をちょんと合わせた。自分たちも悪事に加わり、何かしでかしたい気分になった。

イッセイとカトケンはアンデルセンに入り、窓際の席に向かい合って座った。ここでも万引きするのだろうか、と蓮は不安になった。というのも団地は目と鼻の先である。それにアンデルセンはカフェスペースで酒も提供する高級店で、小学生がいくような店ではない。店員に怪しまれているかもしれない。

一度だけ、蓮は誕生日にアンデルセンのケーキを買ってもらったことがあった。ブルーベリーのムースだった。しきりに母が勧めるので、チョコレートケーキを諦めた。ブルーベリームースが一番安かったのだ。

高揚した気分は段々冷めていった。

イッセイとカトケンが、蓮が食べたこともないケーキを味わうのを眺めていてもつまらなかった。生垣に隠れて指をくわえているシンイチに、蓮は「いこうぜ」と言う。何もしていないのに後ろめたくて蓮はこそこそとアンデルセンを離れた。

蓮とシンイチは目撃した罪深い行為へのあこがれと興奮のなごりを味わいながらとぼとぼ歩いた。

野球場に戻ってくると、一塁ベースの上に茶色い物体が載っていた。一見、誰かが置き忘れた野球のグラブに見えた。

　エンペラーだ、と蓮は叫んだ。

　ずっと持っていた虫取り網を構えて、シンイチは走り出した。

　巨大なバッタは恐ろしい跳躍力を発揮して中空へ飛び立つと、フクロウのような羽を高速で動かして飛行した。瞬く間に、エンペラーは羽のうなりを残してフェンスの向こうへ消えてしまった。

3

　放課後、小学校の東にある雑木林に蓮はいきたいとぼんやり考えた。ケントに案内され、ヨウスケを落としたひょうたん形の池をもう一度見たかった。

　絶対に秘密だと言われていたから、シンイチを連れていくわけにもいかない。かといってひとりでいく勇気もなかった。

　ケントとヨウスケに池のことをほのめかしても、彼らはすでに池に対する興味を失っていた。二人は新しい探検場所を次々と開拓しているようで、休み時間になると教室の隅で秘密めかして作戦会議をしていた。森や川だけでなく、廃屋に廃工場、電車の車両基地、農場の牛舎まで入り込んでいるらしい。

できればその探検に加わりたかったが、ケントとヨウスケの住むマンションは遠かった。学校では話をしても、住居が離れていると級友としての関わり合いにおいても隔たりを感じた。その隔たりは、彼らの身につけている清潔なシャツや新しいバスケットシューズやゲームソフトの話題からも感じた。ケントとヨウスケの話を聞いていると、持っていないものや未体験の事柄について、蓮の知らない言葉がやりとりされるばかりだった。

放課後、折に触れてケントの誘いはあったが、蓮は遠慮した。ヨウスケが池に落とされた件を根に持っていると感じるからだ。始終嫌な顔をするヨウスケと一緒にいるのは耐えられない。ケントと時間を過ごすのは楽しいが、居心地の悪さがあった。挨拶をしたり、ちょっとした会話をするのにもいちいち勢いというか自分を鼓舞するエネルギーを要した。シンイチと話す時、相手がどういう反応をするかなどという気遣いはいらなかった。

校門を出たところで、蓮は足を止めた。

校名が刻まれた銘板にアマガエルがくっついていた。蓮はアマガエルを見てのんきな気分になって校門を右に進んだ。

池を見ないと気が済まなかった。今回はひとりきりなので緊張する。不安で後ろめたい気分のまま、陰気でジメジメした林の中を歩きたくなかった。それならなぜいくかというと、自分でもわからなかった。

今日は通院もない。耳鼻科をすっぽかした日はひどい目に遭った。多江に薬が切れてアレルギーがひどくなって泣いても知らないと言われた。俊夫は何も言わなかった。ただ一発、拳を蓮の脳天に振りおろしただけだった。蓮はつむじが陥没したかと思った。

池までの道はうろ覚えで、記憶を辿って歩いた。追い抜いていく小学生の中にケントとヨウスケがいないか警戒した。同じ小学校の子であるはずなのに、見たことのない顔ばかりだった。自分がよそ者であると強烈に感じる。

いっそ引き返して団地でいつものように遊びたかった。

電柱の陰に山高帽をかぶったおじさんが立ち、道ゆく子供を眺めている。魔人かと思ったが、蓮に興味を示さない。ふと担任の根元が注意を呼びかけていた不審者を思い出した。女子児童をつけてスカートや手提げ袋にライターで火をつけようとするらしい。ベレー帽が不審者の特徴だと教員は言っていたが、蓮はベレー帽がどういうものなのか知らなかった。

電柱の陰のおじさんから離れて蓮は通り過ぎた。

両側を灰色のブロック塀で挟まれた道にさしかかって、蓮は何気なくカーブミラーを見あげた。仰天し、息をとめた。鏡の球面に墓石の列が映っていた。ブロック塀の向こうはてっきり民家だと思っていたのに、気づいたら墓地に囲まれていた。段々気味が悪くなってくる。

ホラー映画で観た、地中から死者が這い出す場面が頭をよぎる。背筋に寒気を感じ、早く通り抜けてしまおうと走り出した。

すぐ息があがって立ち止まり、ポケットから喘息の吸入器を出して吸い込んだ。ブロック塀が途切れて、実際の墓地を見渡すと怖くない。なぜかカーブミラーに映る様子が幻でも何でもないのに怖く感じた。

道の先にこんもりと林が茂っていた。舗装された道から雑木林に囲まれた小径へ入ると、間もなく池へ続くけもの道の目印であるポテトチップスの空き袋を探し当てた。前はケントとヨウスケの後を追って林を随分歩いた記憶があったが、ほんの数十メートルの道だった。

池は相変わらず深閑としていて、周りの緑が深くなっている。

ヤブ蚊や蝶が飛び交い、アマガエルが鳴いていた。どこからともなく水が流れ込むちょろちょろという音が聞こえる。木の葉が風で揺れ、笹の茂みの上に落ちる音さえ聞こえた。

水面にわずかにさざ波が立っている。木々の隙間から射す午後の日の光が水面の襞に反射し、眩しかった。アメンボが滑り、アマガエルが水中に飛び込む。ひゅるるるるる、とトンビが空を旋回した。

一切人の声がしなかった。

人の声はうるさかった。いつでも人の声は蓮に何かを強いた。勉強しろ。掃除しろ。歌え。言うことを聞け。あれを持ってこい。これを持っていけ。静かにしろ。学校を休むな。整列しろ。走れ。速く走れ。速く走れないなら走れるようになれ。泳げないなら泳げるようになれ。給食を残すな。半袖、半ズボンを着ろ。敬え。尊べ。どうしてお前だけ皆と同じようにできない。足を引っ張るな。

蓮は皆と足並みを揃えるのが苦手だった。いつも一歩遅れた。また、忘れたり、間違ったりした。自分以外の誰もが当たり前にできることができなかった。周りと合わせようとすると、ますます浮いた。

ここにある音は蓮に何も強いない。ただ耳を澄ませてじっとしていればいい。脅かすものもない。いつまでも池を眺めていられると蓮は思った。

時を忘れてぼうっとしていると違和感を持った。植物群の中に人工物が混じっている気がする。木立を見渡し、さらに向こう岸に目をこらすと一本のクヌギに目がとまった。何かが枝の隙間に見え隠れしている。木は真ん中で二本に分かれ、右側の幹に桃色の布が巻かれていた。

ゴミでも引っかかっていると思ったが、人の手で幹にしっかり巻かれ、結わえられたものらしい。ひょっとして何かの目印で、木の下に何かが埋まっているのかも知れない。犬か猫の墓でもあるのかしら。

確かめようにも、木が折り重なるように乱立し、笹が密集している。池の反対側へ回るのは難しそうだった。それにしても木の幹に布を巻きつけた人間はいるはずで、どうやってあそこへ到達したのか謎だった。蓮は頭を捻った。まさか池を泳いだのだろうか。

向こうへいってみたかったが、メッシュ素材の運動靴で茂みに踏み入れば、ひどい目に遭うのは間違いない。汚れるだけならいいが、靴に穴でもあいたら叱られる。家族みんな、靴下に穴があいたら縫って穿いているのだから、新しい靴など買ってもらえまい。それに草の間にどんな生き物が潜んでいるかわからない。毒虫に刺されたり、噛まれたりしたら最悪だ。

犬や猫の死体でなく、宝物でも埋まっていたりして、などとぼんやり考えていると、突然背中をどんと押された。蓮は前のめりに危うく池に落ちそうになって鳥みたいに両手をバタバタ動かす。池の縁で踏ん張ったせいで、青蛙が二、三匹池に飛び込んだ。

蓮は即座に振り返る。頭に浮んだのはヨウスケの顔である。池に突き落とした仕返しにきたのだと思った。しかし、そこにあるはずのヨウスケの顔はなかった。誰の顔もなかった。虫や鳥の他、生き物の気配を感じない。風にそよぐ枝葉のざわめきと水の音だけがある。周りには背の高い草木が茂って、音を立てずに隠れるのは無理だ。

顔にかかる小枝を猛然とかき分けて林の道まで戻り、本当に自分以外誰もいないと確信すると、心臓が凍って髪の毛がそばだつようだった。蓮は走った。頭の中で何かが警告する。一秒でも早くこの場所から立ち去らなくてはならない。蓮は焦り、足をもつれさせた。何かが迫ってくる。さっきは気にも留めなかった木と木の間の暗がりさえ、蓮を脅かした。

魔人だ、と蓮は思った。

ボムボムボムとゴムが弾むような音が聞こえた。追いつかれ、連れ去られたら、二度とこの世に戻れない。

舗装された道路に出た途端、蓮は発作に襲われて咳が止まらなくなった。ひとしきり咳き込んで、喘息の吸入薬を吸う。ゆっくり吸って吐く。

たまらず小径を振り返る。ついてくるものはなかった。それから時間をかけてトレーナーシャツやズボンにいっぱいついた草やトゲを手で払い落とした。背中を押された感触だけは生々しく残っていた。

小学校の校門を通り過ぎ、いつもの下校コースを歩きながらもう一度吸入薬を吸う。かなりの距離を走った。息が荒く、気管支からキイキイという音がしたが、気分は落ち着いた。蓮はゆっくり団地に帰った。

誰でもいいから、一刻も早く池で味わった恐怖を話したかった。内緒だと言われたのを忘れてシンイチの家に寄ったが、留守だった。寄り道をしたことについて何か言われそうなので家族に話すのはやめておいた。

翌朝、池での事件を聞いたケントは大喜びだった。ヨウスケのほうは、ケントを喜ばせる蓮が気に入らない様子で、不機嫌に「なんで俺たちに内緒で池にいったんだよ」と責める。だが、好奇心が勝るのか「なあ、もっと詳しく教えろよ」と言う。ケントはまた三人でいこうと言い出した。

今日はだめだな、明日にするか、とケントは言った。すると蓮の話に怖じ気づいたのか、ヨウスケは「明日も雨だよ」と言う。「じゃあ、あさって」とケントが言い、「一週間くらい雨だよ」とヨウスケが必死になって言う。ケントはヨウスケの頭を軽く叩いた。ちょっと手が髪に触れただけなのに、ヨウスケは「あ、いてえ」と大げさに頭を押さえた。

4

雨は三日続いていた。

学校からの帰り道、傘を差し、水たまりを避けて歩く蓮は足を止めた。道路沿いの植え込みから人の顔が突き出ている。常盤団地に住む、四年生のカマタだった。カマタは均一に刈り揃えられたツツジに尻を埋めるような格好でひっくり返っている。ひとりで転んだのか、誰かにやられたのか、涙を湛えた目が真っ赤だった。

蓮は手を貸そうと近づく。カマタは「おい二号」と団地での蓮のあだ名を呼び、「早く助けてくれ」と呻《うめ》いて両手を伸ばす。両手を摑んで引っ張るが、カマタがぐったりして力を込めず、蓮に任せきりなので起こせない。

「カマタ君も力入れてよ」

蓮は言った。

「早く、お尻が冷たいよお」

カマタは情けない声を出して蓮の手にすがる。

そこへシンイチが通りかかり、二人がかりでカマタを引っ張りあげた。

服はそうでもないが、雨に打たれた浅黒い顔面はずぶ濡れで光っている。分厚い唇を震わせて泣いているようにみえるが、どこまでが涙かわからない。

蓮は尻のポケットからティッシュを取り出し、カマタに渡した。カマタはティッシュをごっそり抜き取って鼻をかんで、他はどこも拭かずに丸めて捨てる。わずかに残ったティッシュは自分のポケットに収めた。

蓮はカマタが苦手だった。口臭がきついのにすり寄ってきて顔を近づけて話すし、いつも体をくねくね動かして不気味で、おまけに泣き虫だ。それにひとりでいるのに耐えられず、知っている人間なら誰の後でもついていく。

ついてこられたら嫌なので蓮は「いこ」とシンイチに目で合図する。

カマタは道ばたに開いたまま放られていた自分のビニール傘を拾うと、短く刈った平らな頭に片手を載せてブラシの水を切るように後方にシャッシャと素早く撫でた。頭をぶるっと振ると、カマタはすっきりとリフレッシュした表情で「おう、チビども、一緒に帰るか」と言った。

急にひとつ年上の誇りを回復させ、先輩風を吹かすカマタにたじろぎ、蓮はシンイチを横目で見て「はい」と小さな声で返事をした。

カマタの父親が暴力団員であるのは、常盤団地内では有名だった。カマタの家族は団地に馴染んで暮らしていたが、奥さんと子供が不憫だと皆一様に口にした。

不憫だというのは、父親がヤクザだというのもあるが、激しい家庭内暴力についてである。さらに、カマタには生まれつきの心臓の持病があった。

カマタの母親が殴られて病院に搬送されたのは一度や二度ではない。カマタ一家が住む一号棟に怒鳴り声や悲鳴が響き渡り、隣近所が通報する。パトカーが駆けつけるとその度に「やれ、またか」と野次馬が集まった。

小柄な、カマタの母親は誰にでも明るく挨拶する人で、住民に好かれていた。カマタには三歳下のカマタにそっくりな妹がいた。人見知りしない活発な子だった。

父親のせいでカマタが恐れられたかというと、そんなことはなく、むしろ軽んじられた。団地の子供らはカマタと遊びたがらず、避けた。なぜかというと、カマタはワコウ軍団のしでかす非行、悪行をいちいち管理人や父母連中に報告するからである。

歩く間に雨が弱くなってきた。

一緒に歩くカマタがうっとうしかった。蓮とシンイチはテレビアニメの話をして若干速めに歩いた。カマタが会話に入ってくると、蓮とシンイチは沈黙した。

バイパスの車が汚れた雨水を撥ねあげて行き交う音がうるさかった。

ドブ川にさしかかったところでカマタは立ち止まり、増水した茶色い流れに魅入られたように欄干に手をかけた。蓮も仕方なく歩みを緩める。しばし川面を見下ろしていたカマタがポケットをまさぐり、一円玉をいくつか摑み出すと、一枚川へ投げ込んだ。

一円玉は速い流れに飲まれて消えた。

なぜか、カマタは普段から一円玉をポケットにじゃらじゃらと持ち歩いている。それを取り出してカラスに投げて威嚇したり、バイパスを走るバスのボディにぶつけた。ハサミで真っ二つにするところを蓮は見たこともある。

一円玉が川に消えるのが愉快であるらしく、カマタは声を立てて笑い、一枚、また一枚と投げ込んだ。蓮とシンイチは五歩ほど離れてカマタの横顔とドブ川の流れを見ていた。一円とはいえ、金を投げ捨てる光景は異様だった。

持っていた一円玉を捨ててしまうと、突然カマタは凍りついたように動かなくなった。目を見開いたまま、首を直角に垂れ、今にもドブ川に倒れ込みそうな様子である。左手と顎で支えていたビニール傘が傾き、カマタの浅黒い皮膚に雨が落ちている。

カマタのただならぬ気配に蓮は緊張した。

そこへ、カマタと同じ四年生のワコウアキラとダイボウが通りかかった。二人とも傘を差さず、雨を気にする様子もない。

アキラは背後から近づき、ぼうっと立つカマタの股に手を入れて「何やってんだ、カマタ」と股間を鷲摑みにした。

きゃ、と女子のような悲鳴をあげて振り返ったカマタの顔は、まるで待ち人が現れたというようにみるみる明るく変容した。

ダイボウとアキラの登場は蓮にとってもありがたかった。どうもカマタは気詰まりで重苦しい雰囲気を発生させる。アキラのおかげで緊張が解けた。

アキラは兄のワコウイッセイと同じく怖いもの知らずで、兄を除く全ての年長者を軽蔑していた。上級生に対しても臆せず、相手が動物園の猿であるかのようにからかう。ただし毒気も敵意も感じさせないので、からかわれた上級生はアキラを軽くあしらう。底抜けに明るい性格のせいか、カマタと対照的にアキラは好かれた。

ダイボウに抑揚のない声で「いくぞ」と促されて、アキラは股間を押さえてクニャクニャと体を動かしているカマタを置いて歩き出した。

「待ってよ、アキラあ」

カマタは傘を畳み、腰をかがめて内股気味の歩き方で二人を追う。シンイチがクスクス笑った。

少し遅れて蓮も歩き出した。

ダイボウは常盤団地の三号棟一階に住んでいる。蓮と同じ入口を使うので、頻繁に顔を合わせる。ダイボウの髪の毛は縮れていて、目が細く、いつも微笑んでいる印象を与えた。無口な上、とにかく体が大きいので異様な威圧感があった。温厚だが、表情が読みづらい。ダイボウは父をヨウちゃん、母をマキちゃんと呼んで、友達のように接していた。ダイボウの母親のマキちゃんは化粧品の訪問販売をしていて、非常に押しが強い。団地の中年女性はマキちゃんの訪問に戦々恐々としていた。母親とケンカしている時はダイボウに話しかけても返事をしない。

あ、とワコウアキラが声をあげた。

わずかに雨が弾ける歩道の先にタンバリンが落ちていた。ヘッドが白く、使用感のないきれいなタンバリンだった。児童が音楽室から借りるか、勝手に持ち出して落としたのだろう。

真っ先にカマタが「俺がもらった」と両の前腕を左右に振るような仕草で駆け出し、拾いあげようとする。だが一歩早く、アキラがタンバリンを蹴飛ばした。

シャンシャンと鳴ってタンバリンは黒々と光るアスファルトの上を滑った。カマタがなおも追いかけるが、今度はダイボウが前方に蹴る。タンバリンが滑る。電柱に当たって跳ね返ったタンバリンを、「おい、二号」とアキラは蓮のほうへ蹴って寄こした。意図を了解し、蓮は受けたタンバリンをすぐに蹴ってシンイチにパスした。

蓮とシンイチも傘を畳んだ。

サッカーに見立て、ドリブルしながら、互いに「へい、へい」とパスを回して走る。カマタは諦めずにタンバリンを拾おうとするが届かない。パスをもらおうとして「へい、へい、へい」と呼ぶが、回ってこない。カマタはただ併走しているだけだった。

シュート、と叫んでアキラが草の茂る空き地にタンバリンを蹴り込んだ。これで終わりかと息を切らせた蓮とシンイチを尻目に、アキラは草むらからタンバリンを捜して歩道に戻し、さらに激しく蹴る。飽きもせず走る。

呼吸が苦しくなってぜんそくの発作を起こしそうになった。蓮は吸入器を吸った。シンイチも息が荒い。ダイボウは走っているというより、歩いているように見えたが、遅れずに常にアキラの近くにいた。

団地に着くまで、結局タンバリンを蹴り続けた。管理人室前の車止めアーチが見えた。車止めは緊急車両や宅配・引っ越し業者が通る時だけ開ける。アキラはそこへタンバリンを蹴った。タンバリンは勢いよく滑り、車止めアーチの端に触れてシャンと鳴って下をくぐった。

管理人室の窓が開いた。管理人は顔を出すとすぐにぴしゃりと窓を閉め、表に出てきた。サングラスを人差し指で押しあげ、天気でも確かめるように小雨の空を仰いで、辺りを見回した。自分が慌てることを知らない精神の持ち主で、いつだって落ち着き払っていると、誰彼構わず知らしめたいのだ。管理人は時間をたっぷり使って近づき、タンバリンを回収した。

5

夕飯前、玄関の呼び鈴が鳴った。

蓮がドアを開けるとカマタが立っていて、カマタは「光平君いるかな」と聞いた。

光平を呼んでくると、カマタは一歩下がって「えと、お父さんが」と伏し目がちにしどろもどろになる。光平はカマタが言い終える前に「何だよ」と詰め寄る。カマタは思い切ったように「お父さんが、光平君とカトケン君を連れてこいって言ってる」と早口で言った。

「え、何で」

珍しく光平はたじろいだ。

「わかんない、ただお父さんが呼んでるんだ」

「お前がまたなんか言いつけたんだろ」

父へ言いつけたのが恥ずかしいのか、カマタはうつむいたまま「僕をいじめたから」と呟く。

「は、いついじめた」

「今日、学校の帰り道で僕を木の中に埋めた」

カマタは抑揚なく言った。

どうやらカマタがツツジの植え込みに沈められ、雨に打たれていたのは、光平とカトケンの仕業だったようだ。

あら、いらっしゃい、と多江が咲を追いかけて出てきたが、光平に「向こうへいって」と言われて咲を抱きあげて引っ込んだ。光平はカマタに向き直って「いつぃけばいい」と聞いた。

今、とカマタはぼそっと言った。

「今すぐこいってか」

「うん」

「カトケンは」

「これから迎えにいく」

カマタは言った。

じゃいくか、と光平はカマタを伴って出ていった。蓮は十分に間を空けてから後を追った。普段、弱いものいじめばかりしている光平がカマタの父親にどんなふうに怒られるか見ものだった。

蓮はカマタの父親の顔を思い浮かべた。管理人のメッキみたいな金縁フレームより高級そうなサングラスをかけている。顔の造りがどこか人工的で、日焼けとも違う、土っぽい肌をしていた。

蓮は腹に溜まるような重たい恐怖をカマタの父親から感じた。その恐怖の正体が何なのかはわからなかった。ケツの穴を締めていないと、小便を漏らしそうになる。

光平は今からその男と対面する。

雨はやみ、空気は湿っていた。団地の駐車場を横切って光平とカマタはカトケンの家に向かう。急に光平が振り返り、蓮は見つかった。だが、光平はツバを地面に吐いただけで無視した。

玄関に現れたカトケンは、カマタのきた用事がわかるというようにニヤニヤしながら「お前、チクったな」と言う。

「それで俺たちが怖がると思ったのか、そういうのイッセイ君は嫌うぜ」

カトケンにそう言われて、慌てたカマタはキョロキョロと周りを見回して落ち着かない様子になった。

じゃあいこうぜ、とカトケンは遊びにでもいくように言った。光平とカトケンは野球の話をしながら歩き、カマタは下を向いて二人の後に続く。まるで今からカマタのほうが叱られにいくみたいだった。

一号棟までくるとさすがの光平とカトケンも緊張してきたと見えて沈黙した。お前、先にいけ、と光平はカトケンの肩を押した。カトケンは「やだよ、お前いけよ」と押し返す。

父親の待つ自分の家までくると、カマタは元気を回復し、前に進み出て「さあ、入って」と促した。光平が先で、カトケンは後から入った。

蓮は駐輪場の辺りから様子を窺う。カマタの家は一号棟の一階だったが、カーテンの閉め切られた窓から中の様子はわからない。光平が怒鳴られ、完膚なきまでに叱り飛ばされ、小さく縮こまって出てくるのを期待しながら、何事もなく終わればいいとも思っていた。

駐輪場から物音がして、蓮は脇に避けた。中から自転車が二台続けて出てきた。皆、四角い箱を背負っている。大声で会話をしているが、何を言っているかわからない。工場勤務の後、配達員として夜のアルバイトに出かけるベトナム人の工員たちだった。

何か起こるのを待ったが、外にいてもカマタの家の状況がわからず、蓮は退屈した。帰ろうとしたところで、エンジンを吹かすバイクの爆音が団地に近づいてきた。

フォンフォンフォン、という排気音が鼓膜に響く。バイパスから三台のバイクが角を折れ、団地の入口の車止めアーチをするりと抜けて私道に入ってきた。蛇行運転しているせいで、ライトの光が右に左に振られる。

管理人がいつものもったいぶった態度でなく、慌てた様子で表に出て、腰に手を当てて団地に侵入するバイクを見送る。

よく見ようと蓮は私道に立ったが、黄色いタンクのバイクが脅かすようにすれすれを通る。わ、と蓮は後ろに避け、縁石に踵を引っかけて尻餅をついた。怒鳴られたが、排気音と重なって聞き取れなかった。後続のバイクの男にはツバを吐きかけられた。

うわ、と蓮は腕で防ぐ。

三台の単車は騒音をまき散らして団地の私道をひと回りすると、管理人室前からバイパスの方へ抜けて岩淵商店に集まった。そこで排気音が高まり、音が止んだ。

顔についたツバを袖で拭って、蓮は管理人室の辺りから様子を窺った。

バイクの少年たちは高校生だろうか、岩淵商店で買った菓子を食い散らかして騒ぐ様子は子供みたいだった。暗く人のいない通りにカラカラと笑い声が響いた。

三人のうち、キャップみたいなヘルメットを浅くかぶった少年が自動販売機で飲み物を買い、別なものが出てきたと騒ぎ出した。三人は犬のように吠えながら自動販売機を蹴った。飲み物の取り出し口のカバーが割れた。

蓮は心配になった。岩淵商店の人ではなく、バイクの少年たちを心配した。彼らは団地に入るべきじゃなかった。こんなところに寄らないで早く帰らないといけなかったんだ。

もうすぐあの人たちがくる、と蓮は思った。どの住棟からくるのかわからないが、団地で問題が持ちあがると黒いジャンパーの男たちが現れる。彼らは「庭師」と呼ばれていた。団地のことなら何でも知っているニイムラによれば、自警団みたいなものらしい。彼らが現れたら近づくな、とニイムラは言った。

ああ、岩淵商店でお菓子なんか食べてる場合じゃないのに、今すぐ常盤団地から逃げたほうがいいのに。

以前、団地の私道で偽物の高級時計を売っていた長髪の男が「庭師」に連れていかれるのを蓮は見たことがあった。管理人では解決できない問題を「庭師」が解決する。

管理人室の前にはいつの間にか五人の黒ジャンパーの「庭師」の男たちが集まっていた。それぞれバールや金属バットを携帯している。

五人の黒い男たちは岩淵商店へ向かった。一番若いニット帽の男が、蓮に気づいて帰れというように顎を動かした。蓮は桜の木の陰に隠れた。

一人が黄色い改造バイクの後輪に太いチェーンを巻きつけて施錠した。

蓮にツバを吐いた少年が「人のバイクに何してんだよ」と甲高い声を出してベンチから立ったが、取り囲む黒いジャンパーの男たちの手にあるものを見て勢いは萎んだ。バイクの少年たちは静止したまま、ようやく過ちに気づいた。

三人の少年は別々の方向へ脱兎のように逃げようとしたが、黒いジャンパーの男たちに抱きつかれるようにしてつかまった。

「向こうにいこうか」

手ぶらの男が緊迫した状況にそぐわない気楽な調子で言い、先導する。少年らは暗い野球場の方向へ連れていかれ、やがて見えなくなった。もじゃもじゃ頭の熊みたいな男がひとり残り、バールをエンジン部分に差し込み、レバーのスイッチを切り替えるみたいに動かした。バキッと致命的な音が響く。蓮はバイクの仕組みはわからないが、もう動かないとわかった。熊男は他の二台も同じように破壊した。

蓮は騒動を目撃したせいで、みぞおちの辺りが気持ち悪くなった。そして光平のことを思い出し、一号棟へ戻った。もう決着がついただろうか。カマタの家の窓からは何もわからない。仕方なく蓮は家に向かった。

光平はまだ帰っていなかった。カマタの父親に延々と説教をされているのか。どんな話をされているのか。どんな恐ろしい目に遭っているか。蓮は知りたかった。光平は泣きながら帰ってくるに違いない。しかし、時に暴れて家族に手をあげるカマタの父親が人を教え諭す様子が想像できなかった。

夜九時近くになると蓮は不安になってきた。光平が怒られるのは大歓迎だが、暴力を振るわれる事態まで期待していなかった。光平は嫌いだが、怪我をしてほしいわけではない。人の血を見るのは嫌だった。

蓮が風呂からあがった頃、光平は帰ってきた。こんなに遅くまで友達の家にいっていたというのに母は光平を叱らず、「早くお風呂に入りなさい」と言う。

光平は全然泣いていなかった。落ち込んでもいない。平気な顔をしている。ふてぶてしく笑みさえ浮かべている。

「カマタの家でメロンごちそうになった」

光平は横にいる蓮に聞かせるように言った。

「あら、なんで」

「知らない。食べていけというから食べた」

「ずうずうしいねえ」

母は感心したように言う。

もう布団に入っていた咲が「さきもメロンたべたあい」とふすまの陰から顔を出す。

「光平がカマタ君をいじめたから、カマタ君のお父さんに呼びだされたんだ」

蓮は光平が平気でいるのが不満で我慢できなくなって言った。

すると多江も、こちらの会話に無関心でテレビを見ていた俊夫も「カマタ君のお父さん」という言葉で凍りついた。

多江は真剣な様子で「なんだい、あんた、また友達をいじめたのかい、カマタ君に何したの」と聞いた。

「何もしてねえよ」

「それで、カマタ君のお父さん、なんて言ってたの」

多江は恐る恐る聞いた。俊夫も耳をそばだてた。

「仲よくしろって、それだけ」

光平は言った。

「うそだ、絶対怒られたよ」

蓮は言った。

全然、と光平が言うと多江は緊張が解けたようにため息をついて「他に何か言ってたかい」と聞く。

光平は斜め上を向いて考えた。

「ああ、悪いことするなだって」

6

固くてゴワゴワしたものでぶたれて目を覚ました。水色のカーテンから透ける光が膜のように暗い部屋を覆っている。まだ朝の早い時間のようだ。

野球のユニフォーム姿の光平が、着替えやスパイクシューズの入ったバッグを肩からかけて枕元に立っている。野球のグラブで頭を叩かれたらしい。日曜日で少年野球の試合があるのだ。

お前、あれに加わるのか、と光平は蓮を真上から見下ろしている。

蓮は眠気で朦朧としながら、光平の質問の意味を考えたが、頭が働かず、眠気に負けて目を閉じた。

顔面に何か落ちてきた。さっきより強い。蓮は目を開けた。顔の横にグラブが落ちている。

お前さあ、イッセイの計画に加わるのかって聞いてんだよ、と光平は蓮の脳天をつま先で蹴った。

蓮は「ああ」とか「うう」とか呻いた。イッセイ君？　そうだ、集まるように言われていたんだ。今何時だろう。

「寝ぼけやがって、憎たらしいな」と光平は言って脇に落ちていたグラブを拾いあげ、「やめとけよ」と言い置いて出ていった。

朝飯の食パンを食っているとシンイチが迎えにきた。

パジャマ姿で玄関に立つ蓮に、シンイチは「なにやってんだよ、もう七時過ぎたぞ、早く着替えろ」と苛立って言う。

洗面所で髪を濡らして寝癖をなでつけ、ジーンズを穿き、袖のゴムが緩んだグレーのパーカを頭からかぶった。従兄弟の兄ちゃんからもらった時点で色が落ちていたデニムは蓮が毎日身につけているせいで、ほとんど白くなっていた。

蓮が玄関を飛び出すと、シンイチはもういない。階下から駆け下りる足音が響いてくる。

一号棟前の駐輪場へ入ると、ワコウ軍団が顔を揃えていた。昨夜の雨で湿り気を帯びた駐輪場内は暗く、埃っぽく、ひんやりしていた。

ワコウイッセイ、ニイムラ、カトケンが顔をつき合わせて話をしていた。警戒感をあらわに、入ってきた蓮とシンイチへ一斉に顔を向け、話をやめる。

側では緊張感のないアキラとタテシタが、突っ立っているダイボウの周りを回るようにしてじゃれ合っている。アキラがケタケタと笑い声を立てると、イッセイが「し」と人差し指を立てて制した。しんと静まり、タテシタは天井から滴って服についた水滴を気にした。「集合」とイッセイが言った。

イッセイはチェーンケースに仮面ライダーが描かれた補助輪つきの自転車にまたがり、ハンドルの上に青いノートを広げた。大雑把な団地の地図だった。

一同はノートを囲む。

ニイムラから赤ペンを受け取り、イッセイはひとりずつ配置場所を書き込みながら指示を出した。イッセイとニイムラは駐輪場の屋根に上って全体を見渡す。アキラ、タテシタ、ダイボウは管理人室を中心にして私道に配置された。カトケンの名前は地図になかった。「二号」とイッセイは蓮を呼び、「ミミゲ」とシンイチを呼ぶ。「お前らはバス停から見張れ」

シンイチがうなずくのに倣い、蓮もうなずく。ニイムラがイッセイの後を受けて説明する。蓮は舞いあがって、ニイムラの話をよく聞いていなかった。

外へ出て全員が配置についた。桜並木のバス停から団地に降りる道に蓮は陣取り、ニイムラの指示を反芻した。人の出入りがあれば手を振れ。駐輪場の上に俺の姿が見えない時は「母ちゃん」と叫べ、そしたら人のくる方角がわかる。

「なんで母ちゃんなんですか」

蓮は聞いたが無視された。これから自分たちが何をしようとしているのかわかっていない。蓮とシンイチは朝早くに集まれと言われただけだった。破壊行為をするのか、侵入して没収されたものを取り返すのか。管理人室は日曜日は無人になる。管理人室に何かしかけるのは間違いなかった。

「いいか、コトが済んだらできるだけ散らばって走れ」とニイムラは言った。「球場の向こうの秘密基地で落ち合おう」

いよいよ管理人に仕返しする時がきたぞ、とイッセイは言った。

ただのいたずらにしては見張り役が多い。何をするにしても逃げ遅れたら大変なことになりそうだ。

持ち場の桜並木の歩道を外れて、柔らかく湿った草の上に蓮は立った。雨は夜が明けないうちに降り止んだ。黒く厚い雲が垂れ込め、またいつ降り出してもおかしくない空模様だった。襟首に水滴が落ちた。桜の木を仰ぐと、バイパスからあがる排気ガスで汚れた枝葉からしずくが滴っている。樹皮は雨が沁み込んで真っ黒だった。幹に触れると人の皮膚のように温かかった。

襟足の水滴を拭い、蓮はパーカのフードをかぶった。

少し離れたところで、シンイチがやはり頭上から落ちてくるしずくを嫌がっている。通行人も管理人室の様子も全然見張っていない。

作戦に加われて、蓮は有頂天だった。これで自分も軍団員だ。

ワコウイッセイはどうやって積もりに積もった管理人への恨みを晴らすのだろう。何かが起こる。蓮は管理人室が爆弾で吹っ飛ぶ様子を思い描いた。悪いやつは吹っ飛んでいいんだ。吹っ飛ぶべきなんだ。

しばらく動きはなかった。蓮はポケットに手を突っ込んで待った。

シンイチを見た。

先ほどの態度と打って変わって、シンイチは頬を伝うしずくもそのままに真剣な表情で管理人室を睨んでいる。血に飢えたオオカミみたいに口元をだらりと緩めて管理人室を注視している。

駐輪場の屋根からイッセイの姿が消えたと思ったら、陰から現れて管理人室へ小走りで向かう。イッセイは管理人室の側面にある高窓の下に寄りかかり、それぞれの持ち場に目を走らせる。イッセイが合図すると駐輪場からカトケンが猫みたいに飛び出す。

そこからは速かった。

イッセイがさっと屈んで四つん這いになる。カトケンがイッセイを踏み台にして背伸びし、高窓をスライドさせて開ける。そして雨樋の継ぎ目につま先をかけてよじ登り、子供がやっと通り抜けられるほどの隙間から体をくねらせて侵入した。蓮は蜘蛛かトカゲを連想した。

二号棟の向こう側から老婆が歩いてくる。

蓮は自分の心臓の音がトクトクと音を立てるのを聞いた。

一分も経たないうちにカトケンは高窓からひょいと顔を出し、猫ほどの大きさの緑色の布袋を掲げて外へ押し出す。その布袋をイッセイが両手を伸ばして慎重に受けとめた。かなりの重さらしく、イッセイは危うく地面に落とすところだった。遠目にも布袋の重量感が伝わってくる。普段上履きを入れて持ち歩く小学校指定の見慣れた布袋だ。

老婆がじわじわと管理人室に近づく。

布袋をしっかり胸に抱いてイッセイが走り出した時、カトケンはタコみたいに長い手足を器用に動かして高窓の隙間から体を抜き、雨樋に片手で摑まった体勢で高窓を閉め、するりと地面に着地した。

侵入口の窓を開けて閉めるのに、三分もかからなかった。

その時、老婆が管理人室のドアをノックした。カトケンはたまたま通りかかったというように快活に挨拶し側を通り過ぎた。住宅設備の相談にでもきたのか、老婆は管理人がいないとわかると引きあげた。

カトケンはイッセイを追って野球場へ疾走し、見えなくなった。ニイムラが指笛を二度吹いた。撤収の合図だった。私道に配置された軍団員は静かに歩いて、ばらばらの方角へ散った。

桜の木の下で突っ立ったまま、蓮は熱いため息を漏らし、余韻に浸っていた。先輩たちが散り散りに逃げるのを眺めていると、後ろから「何してんだ、ばか」とシンイチに頭を叩かれた。

自分を置いて四号棟のほうへ走っていくシンイチの背中を見て、蓮は慌てて後を追った。途端、濡れた草に足を滑らせて転び、腰を強打する。さらに手をついた拍子に尖った石ころで右手小指のつけ根を切った。

団地から駐車場へ抜けるところでマンネンが全力でペダルを漕ぐ「ポルシェ９１１」に轢《ひ》かれそうになった。蓮の服をかすっても気に留める様子もなく、マンネンは前を向いて「うおお」と唸りながらママチャリを一途に暴走させる。

野球場に入ると、反対側から出ていくシンイチの後ろ姿が見えた。急に走ったので呼吸が苦しくなり、蓮は歩く。吸入薬の容器を振り、咥えて一押し吸う。数秒間息を止めて、薬品が浸透するのを待ち、鼻から息をゆっくり吐いた。いがらっぽい甘みが口の中に残り、蓮はツバを吐いた。

整然と区割りされた住宅街を抜け、農業用水路に沿って進み、木立に踏み入る。クヌギ、コナラ、ヤマザクラ、ケヤキが枝を絡ませて茂る。水路は林を貫いて田園地帯に流れていく。

アキラのはしゃぐ声が聞こえる。

水路は谷になっていて、Ｖ字の斜面に生えた木々の間に軍団の連中の姿がちらちら見えた。フジの太い蔓に囲まれた空間に一同集まっていた。カトケンがカブトムシを探して発見した場所だった。秘密基地のつもりだが、木立はまばらなので通行人から丸見えだった。

三畳くらいの広さで、たばこの吸い殻や空き缶が土の上に散らばっている。低い位置で二つに枝分かれしたコナラに尻をすっぽりはめるようにしてワコウイッセイが座り、緑の布袋を抱えている。他の連中は片膝をやや曲げて踏ん張るような姿勢で斜面に立っていた。

やっとたどり着いた蓮は咳き込んで、大きく息を吸った。気管支からゼイゼイという音がする。シンイチが蓮の背中をさすった。力を抜くと、蓮は滑り落ちそうになってダイボウに抱きついた。

ダイボウは片手で受けとめた。

イッセイは紐を緩めて布袋を開いた。吠え声のような叫びが木立に響いた。中に硬貨が詰まっていた。イッセイは銀色に輝く硬貨を摑んで見せた。蓮の目には宝箱からあふれる銀貨に見えた。

管理人は焼酎の空きボトルに硬貨を貯金していた。二・七リットルの大容量である。イッセイが小学校低学年の頃、没収されたナイフを取り返そうと管理人室に談判に訪れた。追い返される間際、底に硬貨が貯まった透明のボトルが机の隅に置かれているのに気づく。それから着々と硬貨が増えていくのをイッセイは日々窓越しに観察した。換気のための高窓に鍵がかかっていないことも知っていた。

そしてひと月前、男の子がサッカーボールを没収された日、硬貨で埋まったボトルを見て機は熟したとイッセイは判断した。

イッセイの手の中で鈍く光るひとすくいの硬貨は五百円がいくつか交ざっている他、全て百円玉だった。全部でいくらになるか見当もつかない。小学生が持ち得ない大金であるのは間違いなかった。

金を自由にできたらいいという無邪気な夢が現実として目の前に現れ、少年たちは恍惚として目をらんらんと輝かせた。盗みに加担してほんの少しでも後ろめたい様子を見せたり、後悔したり、正義感を奮い起こす人間はひとりもいない。蓮は、非日常に酔いしれ、浮き立つような興奮を味わった。

いよいよ硬貨がワコウイッセイの裁量で分配される。独断と偏見で決まるはずだ。あるものはゲーム機を買えるほどの硬貨をもらえるかもしれないし、あるものはアイスクリーム代しかもらえない可能性もある。

分け前はいくらでも構わなかった。ワコウ軍団の一員に加わったと認めてもらえるなら、百円玉一枚でも十分満足だった。

五百円玉は俺がもらう、と最初にイッセイは宣言した。誰も何も言わなかった。不満を漏らせば分け前をもらえなくなるばかりか、軍団からつまはじきにされるからだ。

超人的な動きで管理人室に忍び込んだカトケンは百円玉三十枚と特別に五百円玉十枚を受け取った。ニイムラは百円玉三十枚、四年生のアキラ、ダイボウ、タテシタは十五枚ずつ、三年生の蓮とシンイチは百円玉を九枚ずつもらった。

いつの間にかカマタが輪の中にいて、分け前をくれというように手を差し出している。

「お前、いつからいたの」

イッセイは言った。

誰が呼んだのか、勝手に参加したのかわからない。カマタは誰も気づかないうちにワコウ軍団に交ざっていることがよくあった。

皆、カマタをじろりと見た。カマタが誰かに盗みを報告する恐れがあった。

意外にもワコウイッセイは「ちゃんと見張ってたか」と鷹揚に聞いた。

「うん、ちゃんと見張ってた」

カマタは言った。

布袋をじゃらじゃら鳴らしてイッセイは百円玉を、蓮と同じ九枚、カマタに渡した。

カマタはもらった硬貨をいじり、蓮の手の中の硬貨を見て「なんで三年ぼうずと同じなの」と甘えるような声を出す。

イッセイは聞く。

「なんだ、不満か」

「別に不満じゃないけど」

カマタはいかにも不満そうに呟いた。

「じゃあ今度はお前が忍び込むか、カマタ」

カマタは「無理、無理、無理」と右手を小刻みに振る。

「カマタ」

イッセイは無表情で呼びかけた。

「え」

「今日のこと、誰かに話したらひどい目に遭うぞ」

「うん」

「カマタ、ひどい目ってどういうことかちゃんとわかるか」

カマタは首をかしげた。

「素っ裸にして貨物列車に轢かせるからな、貨物列車は長いぞ、ずっと轢かれ続けてずっと苦しいぞ、肉も内臓も細切れのクソみたいになって最後は犬かカラスの餌だ」

寒気を感じたようにカマタはぶるっと体を震わせた。カマタの後ろでダイボウとアキラが顔を見合わせて笑った。

緑の布袋にはまだたっぷりと硬貨が詰まっていた。ニイムラはポケットにしまった金をかき回して、布袋と膨らんだカトケンのポケットに目をやった。

一番多くの硬貨を手にしたカトケンでさえ、不服そうに唇をゆがめて終始だんまりを決め込んでいた。何せ弟なのだから後でいい目を見るはずのアキラはダイボウに何を買うか夢中で話している。

少年野球の試合でその場にいなかった光平の分け前はなかった。

7

ワコウ軍団が盗みを働いた日曜日に雨は止み、週明けにまた降り出した。

朝、通学で管理人室前を通る時、心臓が口から飛び出しそうになった。紺色の制服に身を包んだ男三人が三畳ほどの狭い管理人室で立ったりしゃがんだりと、押し合いへし合いしている。皆マスクをして白い布の手袋をはめている。外ではやはり紺色の制服姿に、キャップを後ろ向きにかぶった女性が管理人室の写真をあらゆる角度から撮影していた。

現場検証をしていると蓮にもわかった。車止めアーチに突っ込む形でパトカーとグレーのセダンが駐車してあり、蓮は恐怖におののきながら急ぎ足で通り過ぎた。

最初に頭に浮んだのはワコウ軍団が全員揃って牢屋に入れられる様子だった。すぐに大捜査線が張られ、メンバーの家に警察が乗り込んできて、追い詰められる。

だが、蓮が最も恐れているのは警官ではなく、父の俊夫だった。俺は泥棒をしたんだ。ただのいたずらじゃない。光平でさえ「やめとけよ」と止めたほどの、犯したこともない大悪事だった。忠告を無視して加担してしまった。知らなかったと言えば許してもらえるだろうか。

募る不安を誰かにぶちまけたくて蓮は休み時間にシンイチを探した。しかしシンイチは蓮の知らない友達と一緒だった。無理に話しかけようとすると蓮の口を両手で塞いだ。

下校時間に合わせるように土砂降りになり、蓮とシンイチは傘を並べて帰った。

朝見たはずの管理人室の光景をシンイチが話し出さないので、蓮は我慢できずに「俺たちタイホされるかな」と聞いた。

「なんで」

「だって今朝、管理人室見ただろ」

見た、とシンイチは言った。そして蓮が「警察いたろ」と言うと、「いたね」と何でもないように言う。

大胆に構えるシンイチに蓮は感心した。まるで金を盗むなんてほんの些細なことで、自転車に乗るのと変わらないという態度だ。

「お前、平気かよ」

「だって何もしてないから」

「見張ってただろ」

「俺はたまたまあそこで遊んでただけだ」

「お金もらっただろ」

「そうだっけ」

シンイチはとぼけた。

はあ、なるほど。何もしていない。金ももらってない。なんて悪賢いやつなんだ。しかしそれで済むのか。

パン屋「アンデルセン」前の陥没した歩道に大きな水たまりができている。長靴を履いた蓮は水たまりの縁で立ち止まり、パンを焼く香ばしい香りに誘われてずぶずぶ入っていった。ゴムの生地が足に纏わりついた。

シンイチはすでにズボンもスニーカーも雨に濡れているからか、ためらわずに水たまりを横断した。

水面をアメンボがすいすい滑っている。

蓮は縦横に動くアメンボを泥水ごと蹴散らした。こいつらはいったいどこからくるんだろう、と考えているうちに管理人室も父の俊夫も頭から消えた。

蓮は水たまりから出て、シンイチの足元を見た。ズボンが泥水で汚れている。二、三カ月前まで新品だったスニーカーは茶色くくすんでくたくたである。

「そんなに汚していいの」

蓮は聞いた。

洗えばいいじゃん、とシンイチは言う。

蓮は釈然としなかった。

「怒られるだろ」

「怒られたことない」

うそつけ、と蓮は言った。

シンイチの母ちゃんは華奢で、おおらかな印象だった。だけど静かな人が豹変することもある。普段は小声で話すのに、私語をやめない児童に激高して狂ったように喚き、チョークを投げつける先生が小学校にいる。普段おとなしいからといって油断禁物だ。そういえばシンイチの母ちゃんは前にヨーグルトをくれた。シンイチの言うとおり、本当に怒らない人なのかもしれない。

アンデルセンから団地へ向けて歩き出すと、突然強烈な力でランドセルを後ろに引っ張られ、首がかくんと前方に倒れて舌を噛んだ。傘が落ちた。喉元をさすりながら振り向くと、光平だった。

「お前、イッセイ君に金もらったんだってな」

眉間にしわを寄せて、光平は迫る。

蓮は光平のまじめくさった言い方と人を脅かす態度が気に入らなかった。光平の表情は母が怒った時の顔にそっくりで、蓮は言い返せずに黙った。

第三章

1

それから数日後の晴れた日だった。シンイチと学校から帰る途中、蓮は後ろからきた光平に今度は襟首を引っ張られた。蓮はぐふっと声を漏らす。

「イッセイ君に金返したのか」と光平は聞く。

蓮は二つ咳をしてから「光平には関係ねえだろ、あの日いなかったんだから」と言った。

「バカが」

光平は相手にしない。

「自分は一円ももらえなかったからくやしいんだ」

「なんだと、こら」

光平は蓮の髪の毛を摑んで「返さねえと父ちゃんに言うぞ」とひねりあげる。ぎゃあ、と蓮は叫ぶ。やめろよ、とシンイチが止めに入る。光平は蓮から手を放して、バシッとシンイチの頭をひっぱたく。お前もな。光平は威嚇するようにシンイチの顔に人さし指を突きつけ、歩き去った。

頭皮がひりひりして、髪の毛を指で梳《す》くと何本か抜けた。蓮は腹が立った。弱いものいじめをするくせに急に善人ぶる。金を返しにいけなどと、どの口が言うのだ。鼻血が出るほど人を殴ったり、足蹴にしたりするのに比べたら、見張りをして九百円もらうなんて何でもないじゃないか。

シンイチは頭を押さえて「初めて叩かれた」と目に涙を溜めている。とぼとぼと歩き出すと、突然シンイチが「なんだあれ」と道端を指さした。

パン屋の「アンデルセン」の並びにあるピンクの壁の美容院の前に椅子が一脚入るほどの段ボール箱が放置してある。

近づくと、箱がガサゴソと音を立てて動いた。

蓮とシンイチは一歩下がった。

「お前見てこいよ」

シンイチが言うので、蓮は「いやだよ、お前が開けろよ」と言う。シンイチは近づいてそっと箱を覗き、蓮を振り返ってニヤリと笑う。そして「こいよ」と手招く。

中に二匹の捨て犬がいた。親子だろうか、大きい薄茶色の雑種が子犬を顎の下に置くような姿勢で見上げている。捨て犬とわかるのは、段ボールの上部に「病気で育てられなくなりました。どなたか面倒を見てください」と黒マジックで書いてあるからだ。病気をしたのが飼い主なのか犬なのかはわからなかった。大きい犬には首輪とリードがついたままであるが、子犬にはついていない。

シンイチが段ボールに頭を突っ込む格好で親犬の頭を撫でていると、ワコウイッセイとニイムラが通りかかった。イッセイは中を確認すると、箱を緩やかに倒した。こぼれるように出てきた子犬をイッセイは拾いあげ、その小さな頭に掌を置いて、眉間を親指で軽くこすった。子犬は目をつむった。

犬に慣れているのか、ニイムラはしゃがんで親犬の首から耳まで撫でてリードを摑んだ。飼い主だと言われてもおかしくないほど自然に扱う。犬は尻尾を振る。

俺たちで飼おうぜ、とイッセイが言う。誰も異を唱えない。ニイムラは犬の性別を調べた。どちらにもちんちんがついていない。

去勢されたのかも知れねえぜ、とイッセイは言った。

去勢って、と蓮は聞いた。

ニイムラが笑い、「ちんちんをハサミでちょん切るんだ、それでちょん切ったちんちんから血をしぼり取ってその犬に飲ませるんだ、そうすると子供ができなくなって野良犬が増えなくなるって寸法だ」と説明した。

横でシンイチが知ったかぶりをして頷いている。蓮はニイムラの話を信じなかったが、ハサミでちんちんをちょん切る場面を想像すると股間がむずむずした。

訓練されているのか、ただ腹をすかせて疲れ切っているのか、どちらの犬も大人しく従順だった。親犬はニイムラに合わせて遅れずに歩く。子犬はきゃんきゃん吠えたりせずにイッセイの腕の中に収まって、居心地が悪くなると芋虫みたいにもぞもぞ動いた。蓮は犬が苦手だったが、側にいても脅威を感じない。

犬の毛並みはつややかで、嫌な臭いもない。きっとこの健康そうな二匹はどこかで大事に飼われていて、どういう事情か、ある日突然置き去りにされたのだろう。

イッセイは大きいほうをタロ、小さいほうをチビと名づけた。

もし母犬なら「タロ」は変だな、と蓮は思ったが黙っていた。

蓮とシンイチは左右にプリプリ動くタロのお尻に目を据えながらイッセイとニイムラの後ろを歩いた。これから犬たちはどうなるだろう。シンイチは「野球場で放し飼いにするしかないな」と言い、蓮は「どこかに隠してみんなで面倒を見ればいいよ」と言う。

飼おうと言い出したイッセイ自身、いい考えが浮かばないらしく、それぞれに思案しながら団地を通り過ぎて野球場までできた。

野球場の中心で、ニイムラはリードを離し、イッセイも子犬を下ろした。二匹とも、さっきまで元気がなかったのにじゃれ合って奔放に走り回る。チビはもたつく小さな足を果敢に動かしてタロの周りを跳ねた。

唐突にイッセイがポケットをまさぐり、百円玉を何枚か摑んで蓮の顔面に突きつけて「ドッグフード」と言った。

数秒まごついたが、遣いを頼まれたのだと了解し、蓮はシンイチと一緒に団地を通って岩淵商店に走った。重大な任務を与えられ、蓮は得意だった。

袋入りのドッグフードをレジに持っていく。カウンターには岩淵商店のひとり娘なっちゃんが立っていた。なっちゃんは四十歳くらいで団地の住人には馴染みだった。ふっくらとした丸い顔にセルロイドの眼鏡をかけて柔和な表情を浮かべている。

なっちゃんは「おやあ」と蓮の持つドッグフードをためつすがめつ眺める。

「ねえ、いくら」

蓮は慌てて会計を促す。

「団地はペット禁止でしょう」

なっちゃんは言った。

「友達に頼まれたんだよな」

蓮がシンイチとうなずき合うのを見てなっちゃんはケタケタと笑った。

「あんたたち、さっき犬っこ連れて店の前を通ったでしょう」

答えに詰まった蓮はうつむいて首を振ったが、心臓の鼓動が頭のてっぺんまで響く。その音がなっちゃんに聞こえてしまうと思った。頼まれたのは嘘ではないし、悪事を働いているわけでもないのに後ろめたく、蓮は犬をどうしたらいいか困っていると話してしまいそうになる。

シンイチに肘でつつかれて、蓮は金を払った。

釣り銭を渡しながら、なっちゃんは人さし指で眼鏡をぐいとあげて「捨て犬でも拾ったんじゃないの」と言った。

ぎくりとして蓮とシンイチは揃って固まった。

なっちゃんは「管理人さんに見つからないようにね」と忠告した。

野球場に戻ると、イッセイとニイムラは一塁側のベンチに落ち着いていた。チビはイッセイの足にじゃれつき、タロは遊び疲れたのか、拾ったアイスクリームの紙カップに汲んだ水を舐め、時々舌を出して息を荒くしていた。

蓮はドッグフードをイッセイに渡した。

按配のいい器がないので、ニイムラがポケットティッシュを二枚広げ、ドーナツの形をした粒のドッグフードを盛った。タロもチビもすぐ食いついた。そのうちタロの歯にティッシュペーパーがくっついた。ドッグフードは散らばって砂にまみれる。口に入ったティッシュペーパーをシンイチが取り除こうとするが、タロが嫌がる。シンイチは嚙まれるのが怖くて手を引っ込めた。見かねたニイムラがタロの頭を腕で抱えるようにして押さえて、ティッシュを摘まんだ。そして掌にドッグフードを盛ってタロに食わせ、イッセイもそれに倣ってチビに食わせた。

蓮はタロの背中をそっと撫でてみた。毛は思ったより硬く、背骨の形と体温を手に感じた。奇妙な感覚だった。

こんなに大きな体で、その気になれば俺をかみ殺すことだってできるのにそうしないで大人しくしている。背中に触れられても気にしていない。

突然、イッセイに「水」と言われ、蓮はタロが底まで舐めてふにゃふにゃになったアイスクリームのカップを持って公園の水道へ慌てて走った。

水飲み場にいくと、同じ年頃の女子が蛇口でチワワに水を飲ませていた。蓮がカップを持っているのを見て「何よ、あんた」と言う。

「水道かせよ」と蓮は言った。

「今、レンに水飲ませてるの」

「蓮は俺だよ」

「え、何言ってるの、ばかじゃないの」

女の子はレンとかいうチワワを抱きあげ、ぷりぷりして歩き去った。

話し合った結果、といってもワコウイッセイとニイムラの間でということだが、林の秘密基地に犬を隠して飼おうと決まった。

さっそく一同は住宅街を通り、ゴミの収集所で段ボールを拾い、林へ入った。蓮は水の入ったアイスクリームのカップを両手で慎重に運んだ。木立の奥へ進むと、初めは快活であったタロとチビは不安そうに蓮たちを見あげた。

そこは管理人室から硬貨を奪った時に分け前を受け取った場所だった。イッセイは適当な木にタロのリードを結び、段ボール箱にチビを入れた。ニイムラの姿が見えないと思ったら、民家から植木鉢の受け皿を二つ盗んで水を汲んできた。せっかく蓮が運んだアイスクリームのカップは不要になった。

水を捨てると、イッセイがカップを寄こせと言う。ドッグフードを入れてチビの横に置く。余ったドッグフードは袋ごとタロの側に据えられた。

いくぞ、とイッセイが言った。

蓮は留まりたかったが、どうしようもない。日が暮れる前に帰らなければいけない。

後ろ髪を引かれる思いで蓮はタロとチビを置き去りにした。離れるほど、くんくんと悲しそうな声が小さくなる。

心配で何度も振り返りながら一同は野球場を横切った、とりあえず犬を隠してしのいだものの、この先どうするかイッセイとニイムラはあれこれと考えているふうだった。毎日秘密基地にドッグフードを運んだとしてもいずれ誰かに見つかる。解決策は出てこない。蓮とシンイチは空き缶を蹴りながら歩いた。

見つかって通報されたら、警察が飼い主を捜すのだろうか。飼い主が見つからなければ保健所に連れていかれて殺処分されるかも知れない。ニイムラがそんな話をするのが聞こえて蓮は戦慄を覚えた。自分たちで飼いたいが、そうはいかない。飼い主の元に返せるのなら、それが一番いいとわかっていた。

野球場を出るところで気配を感じて一斉に振り返ると、いったいどうやって解いたのか、タロがリードを引きずり、脇を走るチビに足並みを合わせてトコトコ駆けてくる。

蓮は金槌で殴られたような衝撃を受けた。ああ、捨てられてしまった犬ころたちは頼るものがないんだ、必死にリードを解いてまで俺たちみたいなガキんちょを追いかけてくる、俺たちは一生こいつらの面倒を見ないといけないんだ、木立の中に置き去りにするなんて、どうしてそんなことをしたんだ、自分が夕暮れ前に木につながれて置いてけぼりにされたらどんな思いを味わうだろう、きっと死んでしまう。

追いついたところを抱いてやると、タロは蓮の顔をペロペロ舐めた。

蓮は団地にかくまえないかと親に相談する決心をしたが、すぐに無理だと思った。正直に話しても、多江は蓮のアレルギーを持ち出すだろうし、俊夫はまともに取り合わないか無視するだろう。だいたいあの狭い団地界隈で管理人や近隣住民から犬を隠し通せる訳がない。

「カトケンに犬を預けよう」

イッセイが言った。

結局、仲間内でただひとり一軒家に住んでいるカトケンに頼る話になり、さっそく四人と二匹で押しかけた。

玄関から出てくると、カトケンは後ろ手にドアを静かに閉めた。かわいいだろ、とイッセイはチビをカトケンに抱かせようとしたが、カトケンは困ったように笑みを浮かべて一歩下がった。

蓮はタロの背中を撫で、いかにおとなしい犬であるかカトケンに示そうとした。しゃがんだシンイチがタロに顔を舐められて笑い声を立てると、カトケンは「静かにしろ」と制した。

わいわいと犬と戯れる仲間をカトケンは冷めた目で見ている。

イッセイが事情を話すと、カトケンは「母ちゃんに聞いてくる」と言って家の中に消えた。イッセイは抱いた子犬と鼻先をすりつけて「ここがチビの新しい家だぞ」と言った。

五分くらい経って戻ったカトケンは、「母ちゃんがだめだって」と言った。

ワコウイッセイの表情が引きつった。「ちゃんと頼んだんだろうな」とイッセイが聞くと、カトケンは目をそらして「うん」と言う。

「こいつら他にいくところなくてさ」

ニイムラが言うと、カトケンは黙った。

「俺たちみんな団地住まいだからさ、犬飼えるのはお前しかいないんだよ」

無理無理、とカトケンは首を振る。

ニイムラは「なあ、頼むよ」としつこく繰り返すが、カトケンは「母ちゃんが」の一点張りで譲らない。

「母ちゃんがだめだっつうならよ、父ちゃんに頼んでみろよ」

苛立ちを募らせたようにイッセイは言った。

「だめって言うに決まってる」

「だから聞くだけ聞いてみろっつうの」

「いきなり押しかけてきて勝手言うなよ」

カトケンもついに怒る。

イッセイとカトケンの間に険悪な空気が漂い、蓮は息が詰まってその場から逃げ出したくなった。

いたたまれない沈黙が続き、イッセイが「じゃあ、どうすればいいんだよ」と目を見開いて怒った。「こいつらをまたその辺に捨てろってか」

イッセイの迫力に耐えられず、カトケンはもう一回聞いてみると中に引っ込んだ。

イッセイとニイムラは会話を聞こうとドアを開けて顔を突っ込む。蓮とシンイチも這いつくばって隙間から中を覗いた。

奥から話し声は聞こえない。

玄関の内側はひんやりと涼しく、掃除がいき届いていて清潔だった。カトケンの足音がすると、皆一斉に顔を引っ込めた。

やっぱりだめだってか、とイッセイが聞くと、カトケンは「ごめん」と呟いた。だが、タロだけを家の前に一晩つないでおくのは、カトケンの母親も許してくれたらしい。明日まで自分が見張るとカトケンは請け合った。

仕方なくイッセイがチビをこっそり団地の家に持ち帰って急場をしのぐと決まった。ニイムラがリードをカトケンの家のアルミの垣根に括《くく》ると、全員しょぼくれて団地へ歩いた。日が暮れ始めた。タロのクンクンというさみしそうな声が聞こえた。

翌朝早くシンイチが呼びにきた。蓮は急いでトーストを牛乳と一緒に食い、家を出た。寄り道したら遅刻しそうだったが、小学校と逆方向のカトケンの家が見える場所までいってタロの姿を確かめた。タロは玄関の方に鼻先を向けたり、地面を嗅いだりしていた。

昼休みにイッセイとニイムラが教室に顔を出して蓮を呼んだ。イッセイが自分に用事があるというのが嬉しかった。タロとチビを飼ってくれないか友達に聞いてくれ、とイッセイは言った。

はい、と蓮は意気込んだ。

とにかく身近な友達から聞いてみた。

ケントは「ドーベルマンなら飼ってもいいぜ」と言い、横にいたヨウスケは「俺はコーギーがいい」などと言い出した。二人はどんな犬を飼いたいかという話題に熱中し、そのうち蓮は放っておかれた。

結局、飼ってくれる人は見つからなかった。犬を飼わないかと聞いても端《はな》から相手にしないか、真面目に取らないで話半分で断られた。普段、飼っている犬や猫の話をしている女子にも相談を持ちかけたが、一様に首を振った。捨て犬なんて、と言った女子もいた。

放課後、昇降口で待っていたシンイチは、蓮が聞く前に「だめだった」と言った。

「イッセイ君が新しい飼い主を探してくれるよ」

蓮は根拠もなしに言った。

団地を抜けてカトケンの家までくると、蓮は不安に駆られた。

タロの姿がない。

アルミの垣根にはリードの持ち手部分がぶら下がっていた。太いリードはほどかれもせず、金切り鋏のようなものでぶった切られている。テレビドラマの刑事みたいに、シンイチは何かを読み取ろうとするように残された持ち手をいじった。

ちょうど、イッセイとニイムラが玄関で呼び鈴を鳴らしているところだった。待ちきれないのか、イッセイは呼び鈴を苛立たしそうに繰り返し押した。

不穏な空気を察知して、蓮とシンイチはそっと門を通り、立ち止まった。

玄関に現れたカトケンに「タロはどこだよ」とイッセイは聞く。

カトケンはぼそぼそと事態を説明した。学校にいっている間に、カトケンの母親が保健所に通報してタロは連れていかれたようだ。朝、カトケンが登校した後のことだった。

「俺が帰ったらもういなかったんだよ」

カトケンは言った。

「見張るっつったろ」

「朝まで見張ったって」

「うそつけ、最初から通報するつもりだったんだ」

「違う」

「ちょっと母ちゃん呼んでこい」

「無理だよ」

どけ、とイッセイはカトケンを押しのけて縦に長い金色のドアノブを引き、玄関に顔を入れて「カトケンの母ちゃん」と呼んだ。

「やめろよ、仕方ないだろ」

カトケンはイッセイを引っ張った。

「だったらタロ連れてこいよ」

イッセイは言った。

「無理だって」

開いたドアから、廊下の奥でカトケンの母親がちらと顔を出して引っ込める様子が見えた。

「タロを返せよ」

イッセイは言った。

「保健所に連れていかれたんだ、もう殺されたよ」

このガキ、とイッセイは両手でカトケンを突き飛ばした。カトケンもイッセイの胸を押す。そしてつかみ合いになった。イッセイが、むちゃくちゃに暴れるカトケンの顎を拳で殴った。べちっと肉同士がぶつかる音がして、カトケンは玄関ポーチに尻餅をついた。すぐに起き上ったカトケンは憎悪を込めてイッセイを睨んだが、それ以上やり返しもしなければ、言い返しもしなかった。

タロが消えたうえ、二人の感情がぶつかるのを目の当たりにして蓮とシンイチは泣いた。

2

雨の日が続き、ようやく晴れた。

タロが連れ去られて気持ちは暗かった。チビはニイムラの親戚が引き取った、とアキラが言っていたとシンイチから聞いた。

放課後に昇降口を出ると、ケントとヨウスケが待ち構えていた。二人は蓮を挟む。校門の手前でケントは蓮の肩に手を置いた。

「ひょうたん池にいこうぜ」とケントは言った。

いつの間にかケントが「ひょうたん池」と呼んでいるあそこへはもういきたくなかった。

ひとりでいったら、誰もいないはずなのに強く背中を押された。背中の感触が烙印のように生々しく残り、思い出す度に背筋が寒くなる。しかしあちこち探検して歩いているケントとヨウスケと一緒なら大丈夫だろう。

「見ろよ、あれ」とケントが笑いを含んだ言い方で、通りかかる太った男子を指さす。「こんなに暑いのにセーター着てるぜ」

ヨウスケが引きつったように笑った。

蓮は寒がりだったので、厚着する人間を変だとは思わなかった。

笑い声を聞きつけ、ピンクのセーターを着た男子は「何笑ってんだよ」と近づいてきた。相対してみるとケントと同じくらいの背丈で、横幅は広い。肌が浅黒いその少年はミゲルという四年生だった。

ミゲルは三人の顔を順番に見て「お前か、笑ったのは」と一番小さい蓮の耳を引っ張った。謝れ、と言われて蓮は「ごめんなさい」と言ったが、ミゲルは「聞こえない」とさらに蓮の耳を捩《ひね》る。

視界の端でケントとヨウスケが棒立ちで静観しているのがわかった。相手が上級生なので知らないふりを決めこんでいる。

おい、と別の声がした。

「その小さいのは俺の友達なんだよ」

ぬっと現れたのは常盤団地第三号棟に住む四年生のダイボウで、ミゲルの背後に接近して立っていた。

するとミゲルは柔和な顔になって「あ、ダイボウ君の友達だったんだ」と手を放し、ちらと蓮に苦々しげな視線を投げて去っていった。

礼を言う暇もなく、ダイボウは蓮たちに見向きもしないでいってしまった。団地の仲間は学校で会っても素っ気ないので、助けてくれたのは意外だった。

「あのでかい人、友達なのかよ」

そうヨウスケに興奮気味に聞かれ、蓮は得意になって「そうだよ」と答えた。

ひょうたん池に向かう途中、農業用水路にかかる橋にカマタの姿があった。昨日までの雨で護岸ぎりぎりまで増水した水路に一円玉を無心で投げ込んでいる。

遠くを見るような目で一円玉を水路に投げ込むカマタは不気味だった。ケントとヨウスケは自然とカマタから離れて歩き、蓮もこっそり通り過ぎた。

途中、畦が水に浸かって境目のわからない田んぼがあった。ひょうたん池も水かさが増して濁り、池の外縁が広がっていた。ひょうたんの形が崩れている。水があふれた跡か、草が櫛で撫でつけられた髪の毛のように流れに沿って倒れていた。

蓮はピンクの布が巻きつけられたクヌギの木を指さして「あそこを見てたら背中を押されたんだ」と言った。

鬱蒼とした木立に浮かぶ布を見て怖くなったのか、ケントとヨウスケは黙っている。ケントが何か言いかけ、言葉をのみ込んだ。

いかにも不吉な気配を感じたという二人の反応を見て、蓮は心細くなった。やはりひょうたん池がただならぬ場所に思われた。

「帰ろうか」

蓮が言うと、ヨウスケも「ああ、帰ろうぜ」と言う。ケントさえ「帰るか」と繰り返した。ざあっと風が吹いて枝葉がざわめき、冷え冷えとした。

「ちょっと待って、なんか浮いてるよ」

ヨウスケは池の対岸を指さした。

どうせ嘘だと決めつけてケントは「はいはい」とヨウスケの頭を小突いた。

だがヨウスケは無視して「なんだろう」と言う。声の調子がいかにも真剣である。指さされたほうを見たケントが「ほんとだ」とヨウスケをどかして前に出た。

悪ふざけでないとわかると、蓮は恐る恐る池の周りに視線を漂わせた。

何かある。

目をこらすと、木や水草の陰になっていて判然としないが、紺色の布きれとつるりとして丸みを帯びた黒い物体が浮かんでいた。

「長靴だ」

蓮は言った。

「長靴か」

ヨウスケが訝る。

「長靴だろ」

とケントが言う。

「でも、長靴の横になんか見えるね」

蓮は言った。

一同言葉をのんだ。

森でカラスが鳴いていた。

普段なら大げさに騒ぐのにヨウスケは口をつぐみ、いつか鴨の親子が現れた池の死角に視線を注いでいる。

長靴と一緒に、水草の絡まった何かがこんもりと盛りあがっている。三人とも、水面下に隠れている物体が長靴の持ち主である可能性を考えていた。それがあまりにもグロテスクで受け入れがたく、言葉にするのがためらわれたが、蓮はとうとう「人みたい」と口にした。

蓮は自分の言葉に鳥肌が立った。

ヨウスケは「お前、見てこいよ」と蓮に言った。蓮は密生する茂みに向かって手を広げて「どこから回り込むんだよ」と返す。蓮とヨウスケは決断を委ねるように揃ってケントのほうを向いた。

ケントは池を見渡して「向こうにいくのは無理だ」と言った。それからしばらく、といっても三十秒くらいの沈黙の後、ケントは「学校に戻ろうぜ」と言った。

異論はなかった。

一同学校へ引き返した。

途中で床屋の前を通ると、中でミゲルが散髪しているのが見えた。それを見てヨウスケだけが笑った。

ケントを先頭にして職員室に入ると、待ち構えていたかのように担任の根元が「まだ学校にいたのか、早く帰りなさい」と声をかけてきた。立ち塞がった根元に事情を話さざるを得なくなった。いざ話すとなると、三人とも興奮してそれぞれが「一緒にきてください」とか「大変なんです」とか「事件です」と口走った。

「なんだ、不審者でも出たか」

早く用件を言えという言い方だった。

ケントが池で見た「何か」について報告した。

「何かってなんだ」

「人です」とつい蓮は口を挟んだ。

「人だと。おちょくってんのか」

根元は怒りだした。

案内されてひょうたん池までいく道中、案の定根元は小言を漏らした。

お前ら、なぜ早く帰らない、林に入って、しかも池で遊ぶなんていったい何を考えている、危ないだろ、事故があったらどうするんだ、俺は責任取れないぞ、そもそも誰が言い出したんだ、学年主任の先生とお父さんお母さんにも報告するからな、全くあきれた奴らだ、今野、お前の団地は逆方向じゃないか。

あまりにうるさいので、蓮はげんなりして池に浮かぶ物体などどうでもよくなった。

ひょうたん池でヨウスケの指さす先を見ると、根元は口をだらしなく開き、黒縁眼鏡を指であげて「ややや」と頓狂な声を発して、まるで猛獣からでも守るように両手を広げて子供らを後退させた。そして背伸びしたり、しゃがんだり、左右にずれたり様々な角度から池に沈む物体を確認しようとする。

蓮はピンクの布の巻かれたクヌギの木を指さした。

「先生、あの印を見て、あそこに埋められた死体が雨で流れ出たのかもしれません」

「バカ言うな、あれは間伐する木につけた印だ」

ケントとヨウスケは蓮を見た。蓮は目をそらした。

やがて根元は「わからんな」と呟き、ためらわずに増水して濁った水に股まで浸かると、縁に沿って水草や頭上の枝に難儀しながらずぶずぶと進んだ。

ケントとヨウスケはそんな根元を見て笑い声を漏らしたが、すぐに黙った。

浮かんだ長靴にたどり着くと、根元は「ひ」と悲鳴をあげ、両手をばたばた振り回してのけぞった。体勢を持ち直すと、誰に向かってか「ケイサツ、ケイサツ」と取り乱した。

倒れて沈んでいたのがやはり人だとはっきりした。それなのになぜか恐怖心がすっかり消え、蓮は根元の慌て具合を愉快に思う余裕すらあった。

蓮たちのところへ戻った根元は水を滴らせながら、胸ポケットの携帯電話を取りだして通報し、状況を細かに伝えた。

「いや、最初は子供たちがね、何かわからないと言ってきたんです、ええ、そうです、ええ、たぶんそうです、ええ、さっき言ったとおり長靴が少し見えました、わかりません、ええ、子供たちではわからなかったと思います、ええ、怖かったんでしょう、ええ、私が確認しました、ええ、池に入って、ええ、私が、そうなんです、私が」

電話で話す根元の背中にすがってヨウスケが「俺が見つけたんです」と訴えていたが、手で払われて相手にされなかった。

ヨウスケが「自分で見にいけばよかった」と言うと、蓮は「びびってたくせに」と返す。そのやりとりを見てケントが笑ったのをきっかけにヨウスケは蓮に摑みかかった。蓮はヨウスケを押し返した。倒れかかってきたヨウスケをケントは避けた。するとヨウスケは根元にぶつかり、池に向かって通話をしていた根元は正面から水の中にザブンと落ちた。

水が撥ね、少年たちにかかった。

3

まず多江にこっぴどく叱られた。学年主任の怖いおばさんと根元に、ケントとヨウスケと一緒に二度ほど説教を受けた。それから警察の人が入れ替わり立ち替わり学校に何度もきて、繰り返される質問に同じ話をして辟易した。いいことをしたのにとんでもない騒動を巻き起こした張本人として責め立てられているようだった。

学年主任も根元も、ショックを受けるといけないから、くれぐれもクラスメートには話すなと釘を刺した。英雄扱いされると思っていたケントはあれからずっと不機嫌で、逆に根元は機嫌がよかった。

死んでいたのはひょうたん池から三キロも離れた農家のじいさんで、大雨の日に農業用水路の水門を調整する当番だった。田んぼの様子を見にいって水路に落ち、流されたようだ。

池での騒動から二週間ほど経ったある朝、団地の中庭のベンチにカトケンが座っていた。暑い日で、ゆったりしたTシャツと短パンという格好で、日焼けした細長い足を弛緩したように伸ばしている。カトケンは小石を拾い、向かい合うジャングルジムに投げつける、という動作を繰り返していた。カン、カン、石が鉄に当たる音が耳障りに響く。

蓮はシンイチを呼びにいく途中だった。

カトケンは蓮に気づくと「おい、二号」と呼んで手を払い、緩慢に立ちあがった。

蓮は頭を下げた。

「どこいくの」

カトケンは聞いた。

「シンイチの家です」

蓮は答えた。

カトケンはふと思いついたように「ちょっとつき合えよ」と言った。

シンイチと約束をしていたわけではないし、カトケンの申し出を断れるわけがない。先輩の誘いに嫌な気はせず、好奇心が湧く。

ついていくと、何ということはない、カトケンの家だった。

カトケンは玄関を開けると、入れよ、と言う。

ふと、タロが保健所に連れていかれたせいでカトケンがイッセイともみ合った時の光景が頭に浮んだ。怒りをみなぎらせてにらみ合う様子を見て、もう二人は二度と口を利かないんじゃないかと思った。光平が誰かを叩いたり蹴ったりするのはしょっちゅうだったが、イッセイとカトケンが怒ったところは初めて見た。

「そうだ」

蓮はチビのことを思い出した。

「チビはニイムラ君の親戚の人が引き取ってくれたんだって」

蓮は言ったが、カトケンは無視した。

聞こえなかったのかと思って、蓮がもう一度「チビは」と言いかけた。

靴の泥落とせよ、とカトケンに強く言われ、蓮は黙って、外で足踏みしてから入った。

前は気がつかなかったが、玄関には天井まで届く扉つきの下駄箱が備えてあった。両親とカトケンの三人暮らしなのに。いったい何足の靴が収まっているのだろう。それにこの大きな家にいくつの部屋があるのだろう。

今まで集合住宅にしか住んだことのない蓮は一軒家に立ち入るだけで興奮した。蓮にとって異世界で、全てが新鮮だった。白い壁に飾られている絵画や調度品をじっくり眺め、扉という扉、引き出しという引き出しを開けて回りたかった。

階段から毛のふさふさした白い猫が降りてきて蓮の前を横切り、近くの扉の隙間からするりと入った。猫についていこうとすると、カトケンは「そっちにいくな」と制した。

「ちぇ、猫を飼ってるならタロを飼ってくれてもよかったじゃねえか」と蓮は思った。

濃厚な視線を感じた。

猫が消えたドアが内側からゆっくりと閉じられていき、指が入るほどのドアの隙間からカトケンの母親と思われる女の人が覗いていた。

気づかないふりをして、蓮は慌てて目をそらした。蓮はカトケンについて階段をあがった。二階の一番奥の部屋へ進み、カトケンは「俺の部屋だ」と言った。

そこが子供部屋であるのに蓮は驚愕し、両親もそれぞれ自室を持っていると聞いて頭がくらくらした。団地ではひとりっ子であっても、これほど広い自室を与えられている子供はいない。

「ここはお父さんの部屋ですか」

蓮が真顔で聞くと、カトケンは相手の言っている意味がわからないというように「さっき俺の部屋だって言わなかったか」と苛立った。

カトケンの部屋の広さは、光平と蓮共用の部屋の二倍はあり、背の高い本棚に漫画がぎっしり詰まっていた。黒いスチールの勉強机にはノートパソコンと重ねられた辞書だけが載っていた。

ベッドの掛け布団はきっちりと畳まれ、シーツもピンと伸ばされている。蓮はベッドに寝た経験がないので、どんな寝心地なのか横になってみたかった。

すっきりと整頓がいき届いている中で、テレビゲーム機とそのソフト数本だけが今使ったばかりという感じで、大画面のテレビの前に投げ出されていた。

手の届くところに必要な全てがある。なのに蓮は息苦しかった。雑然とした団地に身も心も染まっているせいか、静かで整然とした場所は落ち着かない。

蓮は自分の学習机を思い出した。落書きだらけで、勉強に使われることはほとんどない。教科書、ノート、漫画、落書き帳、中身のこぼれたペンケース、セロハンテープの台、裁縫道具、縄跳び、河原で拾った石ころ、卵くらいのサボテンの鉢植え、菓子のオマケの類いが山になっている。本と本の間にはポテトチップスやクッキーのカスが挟まっていた。

部屋を眺め回している間、カトケンはクローゼットを漁ったり、ベッドの下の引き出しを開けたりして、プロ野球選手のサインボール、外国製のナイフ、高価なカメラなどを出して蓮に見せた。

蓮はつまらなかったが、お世辞で「おお」とか「すごいです」とか呟いた。

蓮のお世辞にカトケンは気をよくして本棚の上に飾っていたドローンを部屋の中央に置いた。そしてコントローラーを操作すると、ドローンは顔の高さまで浮かんだ。

「触ると手が切れるからな」

カトケンは言った。

ブーン、と回転する四つのプロペラに怯んで蓮は一歩下がる。ドローンが旋回し、空気を裂くような鋭い音が部屋を満たす。

蓮はよくわからない機械より、テレビゲームに触らせて欲しかった。

居心地が悪くなって、蓮は「カトケンさん、トイレ借りてもいいですか」と聞いた。

カトケンは失望したようにドローンを着地させて「階段降りて右」と言った。

蓮は音をたてないように階段を降りて、右に曲がると息をのんだ。

カトケンの母親が白い猫を抱いて立っている。

「いらっしゃい」

カトケンの母親はカトケンより背が低く、かなり痩せている。色白でメタルフレームの眼鏡、真っ赤なサマーセーターに、テーブルクロスみたいな花柄の生地の薄いロングスカートという格好だ。

慌てた蓮は「こんにちは」とかすれた声で言い、カトケンの母親の視線をくぐるように通ってトイレに入った。外にカトケンの母親がいると思うと小便が出なかった。居間と思われるドアがガチャリと閉まる音がすると、ようやく放尿できた。

廊下に出ると、またさっきのドアが少し開いていて、カトケンの母親の強烈な気配を感じる。

蓮は逃げるように階段を駆けあがった。

息を弾ませる蓮に、カトケンが「どうした」と聞く。

「何でもないです」と蓮は答えた。

カトケンが散らかったゲームソフトをしゃがんで集めているところだったので、蓮はゲームをして遊ぶのだと思った。テレビの下のラックには蓮が見たことのないゲームソフトがぎっしり詰まっている。

蓮は、ゲームをやろうぜ、という言葉を期待してカトケンの背中に視線を注いだ。

しかしカトケンはゲームソフトをラックに、ゲーム機をプラスチックの箱にそれぞれ丁寧にしまい、外にいこうぜ、と言った。

がっかりだった。たぶんカトケンはテレビゲームに飽き飽きしているのだろう。それでも少しくらい触らせてくれてもいいじゃないか。団地にはこんなにゲームソフトを持っている人間はいないんだから。

蓮の目には、カトケンが意地の悪い人間として映った。

一階へ降りていくと、待っていたかのようにドアが開き、カトケンの母親が顔を出して「ケーキ焼いたから食べていきなさい」と言った。

「いらない、外で遊ぶから」

カトケンは言ったが、カトケンの母親は「食べていきなさい」と今度は怒ったように言う。

「二号、食うか」とカトケンに聞かれ、早くこの家から出たいと思っていた蓮は「いいえ」と遠慮した。

ところがカトケンの母親は「初めてきた子ね」と言ったので、蓮の返答が宙に浮く。

「ああ、光平の弟だよ」

「あら、そうなの」

いいえ、と答えた蓮をよそにカトケンと母親は部屋に入っていく。蓮は仕方なくついて入った。

広々として木目のはっきり浮かぶダイニングテーブルにカトケンと蓮は並んで座る。テーブルの高さが胸の辺りまで迫り、自分が幼い子供みたいな気にさせられた。すぐに目の前にソーサーとカップが置かれ、コーヒーが注がれ、湯気が立った。コーヒーの香りが鼻から抜けるとくつろいだ気分になった。カトケンが小瓶から砂糖をすくってコーヒーに入れたので、蓮もそれに倣った。茶色っぽい砂糖だった。

自家製よ、とカトケンの母親はバナナケーキを切り分けてくれた。

蓮がケーキに目を落としてためらっていると、カトケンが「早く食えよ」と言う。

カトケンと母親が注視するので、蓮は先にケーキにフォークを入れた。まずかった。全然甘みがなくて、ぼそぼそしていた。それに焼きたてという割に冷たい。すぐに吐き出したくて、思わず周りにティッシュペーパーがないか探した。両開きで、ピカピカに光る銀色の冷蔵庫にティッシュペーパーの箱が貼りつけてある。

「おいしいでしょ」とカトケンの母親に聞かれ、蓮は冷蔵庫から視線を戻して「はい、おいしいです」と答えた。それを見てカトケンは安心したように自分のケーキを二口ほどで平らげた。

「ほんの少し、甜菜糖《てんさいとう》を使ったのよ」カトケンの母親は言った。「白砂糖を食べると頭がお留守になるから使わないの、ところであなたチョコレートは好き、あら好きなの、あれは脂肪分とお砂糖のかたまりで体に最悪、やめなさい、ドーナツはどう、あらドーナツも好きなの、あれは絶対だめ、頭がお留守になるから、うちは白砂糖も揚げ物も禁止、あなたね、甘いものばかり食べてると貧しくなるのよ、一流のパティシエはみんな甜菜糖を使うし、ケンはチョコもドーナツも食べないもんねえ」

カトケンは黙ってコーヒーを飲み干す。

蓮は水気がなくて口の中に残るケーキをもそもそ噛み、コーヒーで流し込んだ。なんとなくバナナの風味を感じた。

まずいケーキを食ったせいか、蓮は段々腹が立ってきた。この人が悪いんだ。この人が通報したせいでタロが連れていかれた。自分の気持ちがカトケンの母親に伝わってしまいそうで、蓮は砂糖の小瓶へ視線を背けた。

カトケンの母親は自分のコーヒーカップに、甜菜糖をすくって入れた。さらにもう一杯。結局、スプーンで五杯入れた。そしてカチャカチャと激しくカップをかき混ぜると、コーヒーのしぶきが飛び散り、クロスが汚れた。最後にぺろりとスプーンを舐めて、ズズズと音を立ててコーヒーをすすった。

蓮は段々怖くなってきた。

おちょくるように蓮の足下を通る白猫を腹立ち紛れに蹴飛ばそうとしたが、するりとかわされた。猫はするりとカトケンの母親の膝に乗って丸くなった。

手持ち無沙汰になって蓮は尻をもぞもぞ動かし、ほとんど残っていないコーヒーをすする。

突然、「どきなさい」とカトケンの母親が叫んだ。びくりとして蓮は立ち上がる。同時にカトケンの母親は猫を荒々しく払いのけた。蓮にではなく、猫に向かって叫んだのだ。頭のてっぺんから出ているみたいで、ガラスを引っ掻くような声だった。


「悪いな」

カトケンは家を出た後で言った。

なぜカトケンが謝ったのか、蓮はわからなかった。別に迷惑をかけられていない。まずいケーキのことかなと思って「いいえ」と答えて蓮は黙った。

「あれでも機嫌がいいほうなんだ」

カトケンは言った。

もう帰りたかったが、カトケンは岩淵商店までつき合えと言う。

ついさっきケーキを食ったばかりなのに、カトケンはポテトチップス、チョコレートバー、ガラス瓶のコーラを買った。蓮は欲しくなかったが大粒のソーダ飴を買って口に入れた。

アイスクリームを買ってやる、とカトケンは言った。

蓮は言葉の意味を理解するのに時間がかかり、慌てて「いらないです」と答えた。常盤団地においで、上級生が下級生にアイスクリームをおごるなんてあり得ない。蓮はカトケンの意図がわからず、訝った。アイスクリームを食べさせる代わりに盗みをさせるのではないかと心配になった。

だが、カトケンは店の前のベンチで足を投げ出して座り、ポテトチップスを貪るばかりで何も言わない。前を見たまま、カトケンは袋を傾けて寄こし、蓮にもポテトチップスを取らせた。蓮はその度に飴を左手にペロッと出して、ポテトチップスをかじった。

ポテトチップスが空になると、カトケンはチョコレートバーの包みをむいた。口の周りにポテトチップスのカスがついている。

「いいんですか」

蓮は聞いた。

「何が」

「油と砂糖」

蓮が言うと、カトケンは口をへの字に曲げて「はは」と乾いた笑い声を出して、チョコレートバーを折って下半分を蓮にくれた。

岩淵商店を自転車に乗ったアキラが通り過ぎる。そして管理人室の手前でUターンして戻ってきた。アキラは顎をしゃくるようにして蓮に挨拶したが、カトケンには一瞥をくれただけで道路を渡って団地の敷地へ入っていった。

いこうぜ、と急にカトケンは立ちあがり、まだ中身の残っている菓子の袋をゴミ箱に突っ込んで歩き出した。

蓮は大人しくついていった。

野球場横の公園までくると、カトケンは身を投げ出すようにベンチにもたれてコーラを飲んだ。飲むかと、コーラの瓶を差し出されたが、蓮は首を振った。

どこからか蓮を呼ぶ「二号」という声が聞こえる。

団地の駐車場を挟んで自転車に乗ったアキラの姿が見えた。向こうの地面が少し高いので、後ろからくる連中に初め気づかなかった。

アキラの側にイッセイが立っていた。遅れてワコウ軍団が勢揃いする。

イッセイがこちらに降りてくると、光平、ニイムラ、タテシタ、アキラ、ダイボウが続く。

カトケンと二人きりで気詰まりだったので、蓮はメンバーが集まって気が楽になった。

だが、一同は公園の入口でとまり、それ以上近づいてこない。普段みたいにふざけ合う様子がなく、全員が重苦しい雰囲気をまとっている。

「二号」とアキラがまた呼んで「こっちにこい」と手招く。

前屈みになってベンチから立とうとすると、カトケンが蓮の袖を引っ張って「いくな」と言った。今度は光平が「おい、バカ蓮、早くこい」と命令する。光平の言い方が不快で、蓮は動かなかった。

明らかにワコウ軍団はカトケンを孤立させようとしている。思い当たるのはタロの件だけだ。

しかし通報したのはカトケンではなくカトケンの母親である。

カトケンは唱えるように「いくな、いくな」と蓮を引き留める。

蓮は一度、腰をベンチに戻しかけたが、イッセイに手招きされるとあらがえず、すぐに駆けつけた。

イッセイは蓮の肩を抱え込んだ。

これで用事は済んだというように、皆一様に団地を向き、公園から駐車場へ歩き出した。

待てよ、と背後でカトケンが言うが、誰も反応しない。

蓮が振り返ろうとすると、イッセイが肩を押さえて前を向かせる。

おい、と声がして、何かが頭の上を越えた。カトケンが投げたコーラの瓶がきりもみ回転し、地面にぶち当たって割れた。ガラスの破片と地面にこぼれて泡立つ黒い液体がきらきら光った。

皆がカトケンをいないものとして扱う中、タテシタが立ち止まった。タテシタだけはカトケンの話を聞くんだと蓮は思った。

だが、タテシタは怒りで震えていた。飛び散ったコーラがタテシタのジーンズに染みをつけたからだ。

「どうすんだよ、これ」

指でジーンズをこすりながらタテシタはカトケンに言う。

カトケンは声を立てて笑った。

逆上したタテシタは、先輩であり、運動神経に優れ、背も高いカトケンに果敢に向かっていった。

放っとけ、とイッセイは怒鳴って制するが、タテシタの耳に届かない。

カトケンは余裕たっぷりに構えている。

殴りかかるというより、胸ぐらを摑もうとしてタテシタは右手を伸ばしたが、カトケンが長い足を前に蹴り出していなす。

冷静さを失ったタテシタは両手を無闇に動かして下手なパンチを繰り出すが、カトケンは器用に払いのける。カトケンはやり返しはせずに、タテシタのめちゃくちゃな攻撃を防いでいた。

蓮は呼吸が苦しくなって、喘息の吸入器を吸った。

光平が進み出た。止めに入ると蓮は思った。だが、光平はいきなりカトケンの顔面を殴った。しばし放心したようになり、カトケンはようやく度を失って光平に殴りかかった。タテシタははじき出されて、カトケンと光平が殴り合った。ぺちぺち、という拳が肉に当たる音が生々しく響いた。ワコウ軍団の誰もが遠巻きに眺めて止めなかった。

カトケンが両手をあげて降参した。

戦意のないカトケンを、光平はダメ押しで一発殴った。カトケンは両手で顔面を抱え込むようにその場に座り込んだ。

タテシタの荒い息づかいが聞こえる。

決着がついたにもかかわらず、軽くあしらわれて腹の虫が治まらないのか、タテシタはナイフを出した。

刃の長さが蓮のちんちんくらいの折りたたみナイフだった。蓮は恐怖で涙が出てきた。

イッセイが「何やってんだ、タテシタ」と声をかけるが、わなわなと震えるタテシタに聞こえていない。

カトケンは血にまみれた鼻に袖を当てながらふっと笑った。

タテシタは「殺す」と高い声で喚いたが、その場から動かない。

イッセイと光平が両側からタテシタをなだめようとするとタテシタが腕を振って拒否した。いで、と光平が前腕を押さえた。

「あ、ごめん」

タテシタはナイフを落とし、それをイッセイが拾った。

光平は「このばか」とつま先でタテシタを蹴り、剝き出しの腕に負った傷を吸った。

タテシタは「ごめん」と光平にすがりつく。

地べたに座るカトケンのほうへ蓮が戻ろうとすると、イッセイが引っ張って団地を向かせる。

「情けねえな、お前ら」カトケンの声が背後から聞こえる。「つるまないと何もできねえ。管理人の金をとったのもおれだ。おれがやったんだ」

蓮の前を歩くワコウ軍団の背中は壁のように固く閉ざされていた。

カトケンはまだ何か言っていた。蓮は耳を塞いだ。

4

その日の夕方だった。父俊夫が仕事から帰った時、蓮は時間を忘れてテレビゲームに夢中になっていた。

カトケンの家には絶対ない古いゲーム機だった。何年か前に、俊夫が中古で買ってきた。自分ばかり遊んでいた光平はやがて飽き、蓮の専用になっていた。

ゲームで遊んでいいのは午後五時までで、いつもだったら多江が「父ちゃん帰ってくるよ」と警告してくれるのだが、その日は何も言われなかった。

玄関の鉄の扉がバタンと閉まる音を聞いて蓮は青ざめた。電源を切りもしないでコンセントを引き抜いてチャンネルをニュース番組にしたが、間に合わなかった。時計は六時前。光平と咲はテーブルで飯を食い始めていた。

俊夫はセカンドバッグをテーブルに静かに置くと、上着を脱いでネクタイを緩め、まるで帰宅時のルーティンであるかのように蓮の前のゲーム機を持ちあげてベランダに出た。

俊夫から苛立ちが伝わってきて、蓮は顔を背けた。もうゲーム機が戻らないとわかっていたので、今さら許しを請うことはせず、蓮はただ黙って怯えていた。ゲーム機が壊された後、きっと罰を受けると思った。

ベランダでプラスチックの塊が床に叩きつけられる音がした。

光平は食事に集中し、話をせずにもぐもぐ口を動かしている。咲が箸を咥えたまま蓮を見ていると、多江は「早く食べなさい」と注意する。誰もテレビを見ていない。何もなかったかのように俊夫はテーブルに着いて飯を食い始めた。

蓮は恐怖を募らせた。俊夫の怒りがゲーム機を破壊しただけで済むわけはない。怒鳴られる瞬間が、叩かれる瞬間が少し先に延びただけだ。延びた時間だけ苦しみが続く。

父と差し向かいの椅子に蓮はそっと座った。気配を殺して蓮は飯を食う。父の圧迫を感じて白飯が喉を通らず、水と一緒に飲み込んだ。味もしない。ああ、ぶつならぶってほしい。今すぐに叩くなり、蹴るなりして罰を与えて済ませてほしい。俊夫がチキンのトマト煮をくちゃくちゃ嚙む咀嚼音を聞いているうちに、蓮は我慢できなくなってきた。

晩飯を食い終えた光平と咲がテーブルから離れ、代わりに多江が座る。その機会をとらえて、蓮は食器を流しに片付けて四畳半に逃げ込もうと思った。

「待て」

俊夫は言った。

蓮は顔を伏せて父に近づいた。

俊夫は蓮の頭を平手で叩き、「なぜ叩かれたかわかるな」と言った。

蓮は納得できなかった。確かに午後五時を過ぎてゲームをしていた。でも六時までゲームをして何が悪い。

「どうした、返事をしろ」

蓮は頷きも、返事もしなかった。

どうにでもなれ、という向こう見ずな気持ちがむくむくともたげてきた。

蓮は玄関へ足を踏み鳴らしていって俊夫のローファーを摑んだ。俊夫は毎日このローファーを履いて出勤し、会社で作業靴に履き替える。これがないと会社にいけない。

蓮はそのままの勢いでベランダのサッシ戸を開け放ち、持ってきたひと揃いのローファーを放り投げた。ローファーは三号棟の四階からまだ日の残る中庭へ落ちていった。

食後の茶を飲んでいた俊夫は慌てず、湯飲みを置いた。顔はこわばり、全身から怒りが立ちのぼっている。俊夫はすばやく動いた。

ベランダと部屋の境目に立っていた蓮は逃げる間もなく服を摑まれて引きずられた。サッシ戸が勢いよく閉められ、反動でまた少し開いた。多江は静かに飯を食っている。咲は隣の茶の間でテレビを見ている。光平はいつの間にか子供部屋に消えていた。

俊夫は蓮の襟元を締めあげたまま、頰を二度続けて張った。平手を避けようと体をひねると俊夫は手を放す。蓮は突っ伏して泣き出した。無防備な蓮の脇腹を俊夫は蹴り、「靴を捜してこい」と静かにはっきりした発音で言った。

脂肪のない貧弱な脇腹を蹴られ、蓮は床で体を横向きに折りたたんで苦痛で両足をバタバタ動かした。蓮は立とうとした。靴を捜しにいこうとしたわけではなく、痛みから逃れたくて、足蹴りから逃げたくて、起きあがろうとした。そうして床に手をついたところで、また同じところを蹴られた。脇腹を押さえながら転んで床に肘を強打する。起きあがろうとするとまた蹴られる。立ちあがれなかった。

「早く捜しにいけ」

俊夫は蓮を蹴った。

蓮は自分はゴムなんだと思った。叩かれても体がぶよぶよして衝撃を跳ね返す。だから痛みも感じない。痛みは全てゴムである分身が引き受ける。ベランダのガラス戸に魔人が映っていた。なぜか横になって自分と同じ体勢になっていた。

蓮はサッカーボールみたいに床を転がった。何も考えられず、とにかく息を吸って吐く。這いつくばって玄関まで逃れた。靴を履いてドアから外へ出て、静かな階段を下りる。自分の鼻をすする音が響いた。別の誰かが側で泣いているみたいだった。

中庭ですぐにローファーの右半足を見つけた。左足はいくら捜してもなかった。

家に戻ると、俊夫は蓮が持ってきた半足を受け取り、すり減り具合を確かめるようにヒールに指を這わせた。履き込まれて甲革にひび割れが目立つ右足だけのローファーは異物のようだ。

蓮は俊夫が何か言うのを待った。

「もう片方はどうした」

俊夫は言った。

蓮は嫌な予感がした。これから俊夫がどうするか蓮は想像し、その通りになった。

俊夫は片足のローファーで蓮の頭をぶっ叩いた。バン、と音がし、その音が気に入ったというように俊夫はさらに二回続けて蓮を叩いた。

蓮は痛みを感じなかった。頭がゴムになっている。鈍い衝撃のみが体を突き抜けた。胸が苦しい。呼吸が短く、浅くなって横隔膜がヒクヒク痙攣する。息を吸い込む度に気管支からキイキイと音がした。

「もう一回捜してこい」

俊夫はローファーの右半足を床に放り、風呂場へいった。

俊夫の機嫌に合わせるように、多江が「あんた、あれも片付けなさいよ」ときつい口調でベランダを指さす。

ゲーム機が叩きつけられたままあった。プラスチックの破片が飛び散っている。

蓮はベランダにしゃがみ込んで残骸を片付けた。冷たい外気を吸っているうちに咳が出る。ゲーム機が惜しくてコントローラーのボタンを意味もなく押してみる。蹴られた脇腹、床に打ちつけた肘、叩かれた脳天がじわじわ痛む。

「いつまでやってんの、喘息ひどくなっても知らないよ」多江が叱る。「ほんとに嫌になるね、あんたは」

呼び鈴が鳴った。

玄関が開く音がして、シンイチの声がする。

泣いていたと知られるのが嫌で、多江が応対するのを待ったが、多江は「シンイチ君だよ、早く出なさい」と言う。

鼻や目の周りを袖で拭って玄関にいくと、シンイチは「おい、早くこいよ」と興奮している。

「なんで」と聞いても「いいからこい」と蓮の袖を引っ張って急かす。

中から「どこいくんだい」という多江の声が聞こえた。早くも風呂から上がった俊夫が玄関の蓮とシンイチを見て舌打ちをする。

構わず、蓮は靴を引っかけて玄関を出た。

シンイチは階段を駆けおりる。待てよ、と言うと、急げ、と手招く。一階までおりるとシンイチが突然立ち止まった。蓮は背中にぶつかる。靴をちゃんと履けていなかった蓮は転びそうになり、壁に手をついた。

「イッセイ君の家にケイサツがきてる」とシンイチは言った。

5

蓮は青ざめた。

ケイサツ、ああ、もう終わりだ、管理人室への侵入がバレたんだ、全員タイホだ、みんなそろって牢屋に入れられるんだ。

シンイチが「おい、急げ」と蓮の腕を掴む。

蓮は我に返り、シンイチと意味もなく押し合いながらワコウイッセイの住む一号棟に向かって走った。

管理人室前の車止めアーチは除かれ、一号棟前にパトカーでなく、救急車がとまっていた。赤い回転灯の光が団地の壁や野次馬の面々を照らしていた。救急隊が入っていったらしい階段入口を住民が遠巻きにしている。

「ケイサツじゃねえじゃん、おどかすなよ」

蓮はシンイチを肘で突いた。

早とちりを認めず、シンイチは肘で突き返してくる。

蓮は安心した。シンイチが家にきて「ケイサツがきてる」と言った時は心臓が飛びあがって口から出そうだった。

だが安堵したのもつかの間、一階の部屋から怒鳴り声が響く。同時にバイパスから複数のサイレンがけたたましく響き、騒然となった。

県警のパトカーが次々に管理人室の前に重なるようにとまる。

「おい、やっぱりイッセイ君を捕まえるんだ」

シンイチが言った。

「あれ見ろ、イッセイ君だ」

蓮は指さした。

三人の警官が盾を掲げて棟に突入すると、入れ替わるようにイッセイとアキラが出てきた。ワコウ兄弟は階段を出たところで一階の部屋の窓を見つめた。

「あれ、イッセイ君の家って三階だよな」

シンイチが言った。

うん、と蓮は返事をした。

一号棟のバイパス側の一階はカマタの家だった。

間もなく、蓮が見たことのない四角い小型の特殊車両も到着した。観音開きのバックドアから、バイザーのついたヘルメットとジュラルミンの盾を装備した警官がさらに三人降りてくると、空気は重々しく張り詰めた。

どう見ても、警察はワコウイッセイに用があるのではない。カマタの家で何事かが持ちあがり、上の階に住む住人たちは避難のためか、野次馬根性か、外へ転がり出てきたのであった。野次馬から「また暴れてるよ」とか「やくざだから」とか「自分で救急車呼んだみたい」という会話の断片が蓮の耳に届く。

階段の入口脇に管理人が腰に手を当てて立ち、その横にワコウイッセイが腕を組んでいる。互いの存在を気に留めず、宿敵同士が並ぶ。

見守る住人たちの中に知った顔を探す。ダイボウは背が高いのですぐにわかった。隣にニイムラがいる。二人とも微動だにせず、状況を見守っていた。黒いジャンパー姿の「庭師」のグループが、住棟の陰に見えた。警察がいるので介入せず、大人しく額をつき合わせて話している。

警察が突入したきり、動きはなく、カマタ家で何が起きているか知りようがない。蓮は自分なら特別に情報を教えてもらえるんじゃないかと思った。ひょうたん池で溺死体を見つけて、警察に貢献しているのだから。

帰ろうかな、とシンイチがぼそっと呟いた時、階段に救急隊員の背中が現れた。

誰かが担架で運ばれている。毛布を掛けられていたが、顔が見えた。

蓮は凍りついた。

担架の上に横たわるのはカマタの母ちゃんだった。顔の半分が大きく腫れあがって黒く変色し、鼻から流れた血が口の周りにべっとりついて固まっている。怪我をしてからかなり時間が経過しているようだった。

後からカマタと妹が手をつなぎ、警察官に伴われて出てきた。怯えきった妹はひどく縮こまって、猫背のカマタは前傾姿勢になってうつむいている。二人とも小さく小さく見えた。肩を上下に痙攣させ、二人は母親に続いて救急車に乗せられた。

怒鳴り声がまた聞こえる。

複数の大人の声がそれに被さり、交錯する。たっぷりとした灰色のスーツを着た男が両脇を警官に押さえられて出てきた。カマタの父親だった。いつもサングラスで隠れている小さな目を見開いている。酒を飲んでいるのか、赤色ランプのせいか、赤黒く歪んで見える。だだ、だ、だ、と何か訴えようとするが、言葉にならない。

もがくカマタの父親に、警官が「まっすぐ歩け」と怒鳴る。いくら喚いて逃れようとしても、拘束する力は緩まず、カマタの父親はただ体をくねくね動かすことしかできなかった。

震えが止まらない。

何があったかはわからない、あの人は、ついさっき、その大きいゲンコツでカマタの母ちゃんを殴ったんだ、顔があんなに腫れあがるくらいひどく殴ったんだ、ケイサツに摑まれても収まらないで、まだ誰かを殴ろうとしている、自分がもういいと思うまでゲンコツを振りかざすから、カマタの母ちゃんが血を流したり、目を腫らしたりしてもやめようとしない、あれじゃ、いつかカマタの母ちゃんが死んでしまう。

カマタの父親の中には悪魔が住んでいるんだと蓮は思った。息子をいじめた光平とカトケンを呼び出して怒鳴ったりせずにメロンを食わす父親の姿と一番大事なはずの人を殴る悪魔がなぜ同じ人の中に共存しているのかわからなかった。

だあおらあ、と喚くカマタの父親はパトカーまで連れていかれると急に抵抗をやめ、ヘラヘラ笑い出した。そこでだらりと全身の力を抜いたので、両脇を抱えていた警官が無理矢理立たせ、引きずる格好で歩かせる。リアドアから車内に押し込まれる時、また暴れ出した勢いで、カマタの父親はパトカーのルーフに側頭部をしたたか打ちつけた。


カマタの家に残っていた警官も出てきた。ひとりが抜き身の短刀を、柄の部分を摘まんで持っている。まるで不潔なものを扱うようだった。

カマタの父親はあの冷たく光る刃物を振り回したのだろうか。蓮は戦慄した。

カマタの母ちゃんを収容し、しばらく留まっていた救急車がサイレンを鳴らして団地を出た。カマタの父親を乗せたパトカーは、車内で事情を聴取しているのか、動かない。まだ多くの警官が現場に残っていた。「庭師」たちはいつの間にか消えていた。

一部始終を目撃して気分が悪くなり、蓮はみぞおちに刺すような痛みを感じた。シンイチも「なんか俺、吐きそう」と呻いた。

どちらから言い出すともなく、蓮とシンイチは一号棟を離れて、集会所の前のステップに腰掛けた。

蓮は夜の団地を見回した。どの家でももめ事があるのだろうか。四角い箱の中にこれだけの人が詰め込まれて生きているのが不思議だった。箱の中で、全員が毎日食べて飲んで、おしっこしてうんこする。蓮は大量のうんこの山を思い浮かべた。世界中のうんこはどこへいくんだろうか。

それから自分の住んでいる部屋を見あげ、「あ」と父のローファーを思い出した。カマタ家の事件どころではなかった。

家に帰ろうとしていたシンイチを呼びとめ、蓮は事情を話した。父親の靴を一緒に捜してくれ、と言うと、シンイチは「叩かれたのか」と聞く。

蓮は答えなかった。

シンイチは、ちょっと待ってろ、と家に走って戻って懐中電灯を持ってきた。

それから二人でローファーを捜しながら中庭の芝生を歩いた。集会所の周りの植え込みや、雑草の茂みを踏み分けてみる。懐中電灯の明かりを頼りに落ちたと思われる場所をしらみつぶしに捜す。一向に見つからない。さらに中庭全体をジグザグに歩き、ツツジの植え込みの中まで覗く。

捜索は徒労に終わった。

蓮はふと集会所を見あげた。もしかしたら、屋根の上に落ちたのかも知れない。

もっと背丈があって運動神経がよければ、雨樋や窓枠を足がかりにして屋根へのぼれる。仲間内でそれができるのは光平とカトケンだけだった。カトケンとは遊ぶな、とイッセイに言われているし、光平に借りを作るのは嫌だった。

ボールが屋根にあがった時に光平が集会所や駐輪場に登る様子をまねて、蓮は雨樋に摑まって窓枠に移ろうとしたが、だめだった。身丈が蓮と変わらないシンイチもやってみる。仮にどうにか屋根に手が届いたとしても懸垂して這いあがる腕力がなかった。

「本当にこの上にあるのかよ」

シンイチが聞いた。

「わかんない」

蓮が言うと、シンイチはよじ登ろうとするのをやめて手をはたいた。

もういいよ、ありがとう、と蓮は言った。

「また明日一緒に捜してやるよ」

シンイチは言った。

じゃあ、と言って三号棟の入口で別れ、蓮は階段に足をかけた。すると頭上の電灯がチカチカと点滅した。人が倒れるような音がして入口の外まで戻ると、そこにいるはずのシンイチの姿がない。

ゴムまりがはずむような音が階段から響いてきて蓮は外から入口を覗き込む。階段の踊り場に魔人が現れた。黒いぶよぶよした魔人が腰に手の甲を当て、リズムを取るように踵を上げたり下げたりしている。魔人は四つほど拍子をとって静止し、蓮に向かってぽよんと跳ねた。

蓮は走った。背後で跳ねる音が追いかけてくる。シンイチは魔人に食べられたんだ。魔人のくっちゃくっちゃという咀嚼音がすぐ頭の後ろで聞こえた。

追いつかれたと思った。蓮は立ち止まり、中庭を見回す。魔人の姿はない。蓮はひと安心する。ただ魔人の気配を濃厚に感じる。耳の奥にボムボムという音が響いている。

すぐに三号棟に帰るのが怖かった。

シンイチを捜して蓮は駐輪場に入った。真っ暗だった。しんと静まり返っている。駐輪場の外で魔人の跳ねる音が大きくなる。息を止める。音が近づいてくる。蓮は自転車の陰に身を潜めた。

ボムボムボムボム。

駐輪場の鉄のスライドドアがガラガラと開いた。追いつかれた。もうだめだ、食べられる。蓮は全身を硬直させた。

ボムボムボムボムボムボムボムボム。

蓮は暗闇で頭を抱えた。ごめんなさい、ぼくなんかいなくなりますから、消えてなくなりますから、許してください。目の前が真っ白になった。眩しくて目を開けていられない。だがぼんやりと何か見えてきて、やがて像を結んだ。

蓮は自分の家にいた。光平がランドセルを背負って立ち、小さい男の子が横でパンツ一丁で半ズボンを摑んで大声をあげて泣いている。この子は蓮自身だ。覚えている。常盤団地に引っ越して一年ほど経った頃だ。小学校の入学式にきていくスーツを嫌がって泣いているのだ。半ズボンを脇に投げると、仕事へ出るところだった俊夫が近づいてきて小さい蓮の頰を張った。すると小さい蓮はムクムクと膨らみ、真っ黒の魔人に変身した。

蓮は目をつむった。めまぐるしく移り変わる情景がまぶたの裏に映る。全て蓮の経験した辛い記憶だった。俊夫が蓮を叩く、蹴る、投げ飛ばす。髪の毛を摑んで引きずり回す。だが、なぜかやられているのは魔人だった。魔人が全ての痛みを引き受けている。

景色が変わる。蓮は自分自身の姿を見ている。魔人に変身していない。もうひとりの蓮はランドセルを背負ってブロック塀に挟まれた路地を歩いている。急に振り返る。何に驚いたのか一目散に走り出した。追いかけようとしたところで情景が薄れていく。

また別の場所でもうひとりの蓮は十字路に立っている。最近見た景色だ。ひょうたん池に初めていった時の帰り道だ。どっちが学校への道か迷っている。こっちだと教えてやりたかったが、もうひとりの蓮は正しい帰り道を歩いていった。

ちょろちょろと水の流れる音がする。風が吹いて周りを囲む木立が涼しく揺れる。山鳩がホウホウホホウと鳴く。池のほとりに立っている。池は縦に長く、中程が狭まっている。ひょうたん池だった。目の前でもうひとりの蓮が水面を見つめている。蓮は背後から「ねえ」と自分に声をかけた。間近で声をかけたのに気づかない。もう一度「ねえ」と声をかけても聞こえないようだ。思わずもうひとりの蓮の背中をどんと押した。するともうひとりの蓮は大慌てで振り返り、周りをキョロキョロ見回して茂みに飛び込んで逃げていった。

今度は家の中にいた。これはついさっきのことだ。もうひとりの蓮が床に丸まった姿勢で俊夫に蹴られている。もうひとりの蓮はムクムクと膨らんで魔人に変身して俊夫に蹴られる鈍い衝撃を受け続けた。ああ、なんてことだ。魔人は俺自身だったんだ。

腕を掴まれて、蓮は「ぎゃ」と叫んだ。黄色っぽい陰気な電灯のついた駐輪場で、蓮は自転車に挟まれてうずくまっていた。

こんなとこでなにやってんだよ、とシンイチの声がする。

懐中電灯の光が蓮の顔を照らした。

「魔人は」と蓮は聞いた。

「なに、魔人って」

シンイチは蓮の腕を引っ張って立たせた。

家に帰り、そっと玄関の戸を開けると俊夫のローファーは一足揃っていた。

カマタ家の騒動に立ち会っている間に光平が集会所の屋根に上ってとってきたのだろうか。あの時、蓮はベランダから確かに投げた。そういえば片方はどこかにぶつかった気がする。そうか、左半足は落ちないでベランダにあったんだ。なぜゲーム機の残骸を片付けた時にわからなかったんだろう。

6

夜、隣に寝ていた光平が蓮を布団の上から蹴った。

「おい、イッセイ君に金を返したんだろうな」

蓮は狸寝入りを決め込んでいたが、さらに強く蹴られて「まだ」と苛立たしく返事をした。

明日返せよ、と光平は言った。

その週を過ごすうちに、蓮は光平への反抗心を感じつつも、金を返す気になっていた。ある朝、蓮は机の下にしまってある「鳩サブレー」の黄色い缶を引っ張り出した。壊さないと中を見れない貯金箱と違い、クッキーの容器なのでしょっちゅう開け閉めできる。

小銭ばかりの金を勘定すると、二千五百円ほどあった。蓮にとっては大金である。両親からの小遣いはない。これは盆正月に親戚にもらった小遣いやお年玉の残りだった。

蓮は小銭をポケットに入れて学校へいった。廊下でイッセイを見かけたが、同級生たちと一緒にいて声をかけそびれた。学校では団地の仲間はどこかよそよそしかった。

学校がひけて、蓮は一号棟の前をいったりきたりしてイッセイを待った。もう帰っているかもしれないが、呼び鈴を押す勇気はなく、やがて諦めた。

直接金を返そうかとも考え、ちらと管理人室を覗く。ちょうど窓の外を見ていた管理人と目が合う。蓮は慌てて目をそらして立ち去った。管理人に金を返したら、自分がワコウ軍団の盗みをバラすことになる。やはりイッセイに返すのが筋だった。

日が差し、蓮は空を見あげた。すると犬の顔みたいな形の雲が流れてきた。蓮はじっとその雲を追った。するとその雲はすうっと透明になって消えた。

「俺が雲を消した、魔人の力が宿ったんだ」

蓮は興奮しながらバイパスのほうを向き、桜並木を歩くおじさんに意識を集中した。すると、おじさんはつんのめって地面に手をつく。おじさんは躓いた地点を振り返って、手をパンパンと払ってまた歩き出す。

「俺は雲を消したり、おじさんを転ばせたりできるんだ」

次に蓮は掌を天に向け、風よ吹け、と念じた。風が吹いた。というかさっきから吹いていたような気もする。蓮は団地の上空を飛ぶカラスに「落ちろ」と念じた。カラスは棟に隠れて見えなくなった。たぶん落ちた、と蓮は決めつけた。

体が軽かった。ジャンプすればどこまでも高く跳べそうだった。自由だと感じた。

シンイチの家にいくと、玄関から揚げ物の臭いが流れてきた。シンイチを外に連れ出してから、蓮は「イッセイ君に金を返そうぜ」と言った。

いやだ、とシンイチは言った。

予想しなかった返答だった。

「もう使ったんなら、後で返せばいい」

蓮は言った。

「そうじゃない、ただ返したくない」

「盗んだ金だぞ」

「盗んだのはイッセイ君だ、俺はもらっただけだ」

「みんなで盗んだんだ」

「もう使っちゃった」

「残ってる分だけ返せよ」

「全然ない」

「もういい、俺だけ返す」

「いい人ぶるなよ」

「お前だってワルぶるなよ」

そう蓮が言うと、シンイチはじろりと睨み、摑みかかってきた。

蓮はシンイチを組み伏せようとしたが、腕力が足りないので共々アスファルトに倒れた。そのままの体勢で互いに服を引っ張り合う。蓮の拳が空振りしたかと思うと誰かに後ろ襟を摑まれ、引き離された。

蓮を持ちあげたのはダイボウで、向かいでシンイチを抱きかかえているのはアキラだった。

アキラはアイスキャンディを咥えたまま「へんはふんあ」と言った。

え、と蓮は聞いた。

シンイチはアキラの手を乱暴にほどき、蓮を見ないように顔を伏せた。

アキラはアイスの棒を口から外して「けんかすんなっつったんだよ」と言って背中に差し込んでいたプラスチックのバットを引っ張り出した。続いてダイボウが手品みたいにトレーナーシャツをめくってお腹からゴムの野球ボールを出す。

「野球でもやろうぜ」

アキラは言った。

シンイチはうつむいたまま砂場へいき、いつになく綺麗に成形されて屹立していたマンネンの砂人形を蹴飛ばしてから三号棟へ歩いていった。

蓮は破壊された砂人形を見下ろしてしゃがみ込んで頭を冷やした。

「ダイボウ君はイッセイ君からもらったお金使っちゃったの」

蓮は聞いた。

ダイボウは「もらってないよ」と言った。

「うそだ、僕見たよ」

蓮はムキになった。

「もらったけど、その場で返した」

ダイボウは言った。

蓮は頭をガツンと殴られたような衝撃を受けた。そしてがっかりしたが、なぜそう思うのかわからなかった。蓮はティッシュペーパーに包んだ硬貨を「イッセイ君に渡してください」とアキラに渡した。

アキラは破いて中を見て「へへ」と笑った。

ダイボウが無表情で見つめるので蓮は居心地が悪かった。

返した金は足りなかった。今まで没収されたボール代と光平への反抗心として差し引いた。渡した金をアキラが使ってしまってもいい。いくらかでも金を返して蓮はすっきりした。光平には黙っていようと思った。

「盗んだ金は」とダイボウが言った。

「おい、ダイボウ、言うなよ」とアキラが言うが、本気ではなく、別に言うなら言ってもいいよ、という感じだった。

「盗んだ金は、庭師がイッセイ君から回収していったよ」

「え、僕のところにもくるかな」

「さあ」ダイボウは興味なさそうに言った。「管理人もいくら盗まれたかわからないから、イッセイ君が金を返して決着したらしい」

じゃあ、今アキラ君に渡したお金は、と蓮は言った。

アキラは大笑いして「さあ、ダイボウ投げろ」とバットを構えた。

ダイボウがボールを投げ、アキラが打つ。

管理人が現れるのを考えると気乗りがしないが、蓮は打球を拾う。それにしてもなぜシンイチは金を返したくないのだろう。シンイチは自分と同じだと思っていた。

ダイボウは山なりのボールを投げた。アキラはフルスイングした。

打球は上に飛び、風で二号棟のほうへ流れ、壁に当たって私道に転がった。蓮はボールを追いかけず、ただ目で行方を追った。

打ち損じるのを待っていたかのように管理人が住棟の陰から現れ、転がるボールを拾いあげ、持っていってしまった。

ダイボウとアキラははしゃぐのをやめて、死んだみたいに顔を見合わせただけで、別に行動を起こすふうではない。

だが、蓮は怒った。

魔人と一体化したと思っている蓮は両親も学校の先生もイッセイも黒ジャンパーの男たちも怖くなかった。管理人がなんだ。蓮は背後から管理人に近づいた。

「ボール返してください」と蓮は言った。

管理人は振り返り、眉をひそめ、少し考えるような素振りを見せた。

「お前は三号棟の今野さんのところの子だね。そういえば、汚い野良犬を無理矢理預けて団地の外の方々にまで迷惑をかけたらしいな。加藤さんの奥さんには通報するように指導しておいたぞ」

管理人は機敏に背を向けた。

蓮はその場で固まった。こいつのせいでタロは連れていかれたんだ。こいつが全部悪いんだ。蓮は私道の真ん中に立って、魔人の力を発動しようと管理人の背中に「お前なんか、転んで地面に頭ぶつけちまえ」と念じた。

管理人はゴムボールをいじくりながら、ゆっくり歩いていく。十メートル、二十メートル。どんどん遠ざかる。ぜんぜん転ばない。

その時、変な臭いを蓮は嗅いだ気がした。

歩き去る管理人の後ろ姿をにらみ、蓮はさらに強く念じながら「転べ」と声に出して言った。

蓮は袖を鼻に押し当てた。コンロに火がつかなかった時の臭いだ。この変な臭いはどこから漂ってくるのだろう。

管理人は管理人室の扉を開け、電灯をつけるのに脇のスイッチに手を伸ばした。

蓮の体が宙に浮いた。背中に衝撃があり、気づいたら仰向けに倒れていた。何か降ってくる。

蓮は手をかざして防ぐ。バタバタと周りに落ちる。蓮の顔面にも砂のようなものが降りかかる。

胸にトンと何か落ちた。百円玉だった。耳に粘土でも詰められたみたいに音が聞こえづらい。強い耳鳴りが頭に響く。埃か煙が漂っていて状況がわからない。チクチクと皮膚に痛みを感じる。なぜか蓮は団地を囲むツツジの植木にはまり込んでいた。全身、白い粉をまぶされたようになっていた。体の自由が利かなかった。

黒い服を着た男たちが蓮を囲んで顔を覗き込む。ひとりが蓮の顔に手を添えて何か言った。それから誰かを呼ぶように叫んだ。聞こえなかった。目が回る。蓮は何を言っているか読み取ろうと、男の唇を見た。全てが緩慢に動いていた。男はまた何か言い、二度頷いた。

「大丈夫だ」

覆っていた膜が取り払われたように、今度は声がはっきり聞こえ、視界も澄んだ。

住民が集まっている。蓮を取り囲んでいたのは黒いジャンパーの「庭師」たちだった。もじゃもじゃ頭の熊みたいな「庭師」が蓮の服の埃を叩いて全身をくまなく調べる。この熊男を蓮は知っていた。以前、岩淵商店の前で暴走族のバイクのエンジンをバールで破壊した。熊男は蓮の服をめくり、俊夫に蹴られてできた脇腹の内出血について「腹をぶつけたのか」と聞いた。

蓮は首を振った。

熊男は蓮の服を戻してポンポンと叩いた。「庭師」たちの間にダイボウとアキラの顔が覗いた。

蓮は目を疑った。一号棟にくっついていた管理人室の屋根が吹っ飛び、ドアごと壁が消えていた。辺り一面コンクリートのかけらと白い粉で覆われている。ボールやバットやグラブなどの管理人が子供らから没収したコレクションが右は道路、左は二号棟辺りまで散らばっている。所々鈍く光っている金属質の点は管理人が貯めた小銭だった。

さっきまで転んで頭をぶつければいいと念じていた管理人の姿がない。蓮はぼんやりした意識の中で周りをぐるりと見回す。駐輪場の前に縁石に座って介抱を受ける管理人の姿があった。あそこまで吹っ飛ばされたのだろうか。トレードマークのサングラスが消え、小さいどんぐりみたいな目をぱちくりさせている。

聴覚が完全に戻って騒がしくなる。「離れろ」とか「ガスだ、ガスだ」という男たちの声が飛び交う。そのうち消防車のサイレンが近づいてきた。

ごめんなさい、と蓮は震えた。熊男が黒いジャンパーを脱いで蓮に着せた。

「魔人の力で僕がやったんだ」蓮は泣いた。

「大丈夫だ、ただの脳しんとうだ」と「庭師」は言った。

7

バイパス沿いの工場地帯に立ちこめるスモッグ越しに見える山々は茶色っぽく色づき始めていた。三号棟と四号棟の間に聳えるカシノキは夏の盛りのような緑を保ち、豊かな枝を揺らしてまだ青々としたどんぐりを落とした。

爆発事件から数日経った頃、学校から帰って団地をひとりでぶらぶらしていると蓮は奇声を聞いた。声のしたほうへ近づいてみると野球場横の公園でワコウ軍団が騒いでいる。

処刑場と呼ばれている大きな庭石の上にピンクのセーターを着た少年が仰向けにされ、押さえつけられていた。右手をニイムラ、左手をタテシタ、両足をアキラが押さえている。ミゲルだった。

ちゃんと押さえてろ、と光平がボスみたいに指示を出して、右手でつまんだカマキリをミゲルの顔に近づける。

ダイボウは離れたところで腕を組んで見ている。ワコウイッセイはいなかった。

「よそ者は死刑だ」

光平は言った。

やめろ、とミゲルがもがく。

小馬鹿にしたような笑い声を漏らして光平は「外国人の言葉はわかんねえよ」とカマキリを放した。

お前、団地をうろうろして何してた、とニイムラが言った。団地に入るのは許可がいるんだよ。

「友達がいるんだって」とミゲルは拘束から逃れようともがく。

「友達がいてもよそ者はよそ者だ」

「俺、ダイボウ君も知ってる、ねえ、ダイボウ君助けて」

まるで気絶でもしているみたいにダイボウは黙っていた。

「ダイボウはお前なんか知らねえってよ」

カマキリがミゲルの鼻に鎌をひっかけた。

ミゲルが奇声をあげる。

この人、知ってるよ、と蓮は手の甲で光平の腕を押しのけるようにして言った。ダイボウ君も知ってるでしょ、と蓮は横で興味なさそうに突っ立っているダイボウに言った。

ああ、とダイボウはため息みたいな声を出した。

興を削がれたというように舌打ちして光平はカマキリを脇へ捨てた。

それぞれ押さえていた力を緩めると、ミゲルは岩から転がり降り、カマキリが体についていないか確かめるように体中をパタパタ叩いた。

耳元でブンと羽音がして、蓮はとっさにしゃがんだ。鳥だと思った。

エンペラーだ、とアキラが叫んだ。

一同、飛行する巨大バッタを追って一斉に野球場へ駆けだした。

ミゲルと蓮だけが残された。

ミゲルは眉毛を吊りあげ、今受けた憎悪の全てを込めるような歩き方で身構えている蓮に向かってきた。両手をエックスの形に交差させ、蓮の首にチョップを食らわせると走って逃げた。

首を押さえたが、ミゲルのクロスチョップはちょんと触れただけだったので別に痛くなかった。

蓮はエンペラーを追っていった連中を尻目に団地へ向かって歩いた。

三号棟前の中庭の砂場で、破壊されたままになっているマンネンの砂人形が目についた。蓮は手で穴を掘った。深いところの湿っている砂を掘り出して丸めて固め、頭を再生する。指で穴をあけて顔を作る。マンネンの作るような笑っているような怒っているような表情にならない。

そうだ頭に石を載せていた。蓮は砂場を捜して元々あったあんパンくらいの丸い石を見つけ、砂人形に載せようとしたところで、タテシタの母ちゃんに声をかけられた。

跳びあがるように砂場からとっさに離れて、石をポケットにしまい、蓮は「こんにちは」と手の砂をズボンで拭いながら挨拶した。

タテシタの母ちゃんは右手でカズキを抱え、左手には買い物袋を下げている。「ふう」と息をついてカズキを降ろした。ついこの間までよちよち歩きだったカズキはちょろちょろと走れるようになっていた。髪が茶色がかり、艶々して光っている。白い頬はふっくらして丸いパンみたいでうまそうだった。

ちょうど通過したマンネンの自転車をカズキが追いかけようとするので、蓮は手をつないでとめた。カズキはマンネンを指さして「おんしょく」と言った。

「もう大丈夫なの」

タテシタの母ちゃんは聞いた。

蓮は頷いた。

管理人室爆発の爆風に巻き込まれた蓮は救急車で病院に搬送されて検査を受けたが、何ともなかった。寝台に寝かされ、光を放ち大きく口を開けた円い機械に頭が吸い込まれた。

「よかったね、管理人さんも大したことなかったって」

タテシタの母ちゃんはそう言いながら棟の入口に歩いていくと、買い物袋を地面に置き、郵便受けを開けた。

カズキが側で蓮を見あげる。三階から落ちても平気だったという逸話のおかげでカズキはどこか神がかった子どもに見えた。じっと見られるのが耐えがたかった。しまい込んでいるやましさを暴き立てられる気がした。タテシタの母ちゃんが取り出した封筒を落とした。蓮は衝きあげてくる衝動を抑えきれなくて、母親の目を盗んでカズキの肩をぐいと押した。

カズキはぺたりと崩れ落ちるように尻餅をついて、苦いものを口にしたかのように顔をくしゃっとしかめた。今にも大声で泣き出しそうだった。

カズキを押した右手が震えた。

タテシタの母ちゃんは封筒を買い物袋に突っ込んでカズキを抱きあげると「バイバイしなさい」と軽くカズキを揺する。

泣きそうな顔のままカズキは短くてふくよかな手を蓮に伸ばす。なぜか蓮のほうが泣き出した。タテシタの母ちゃんは蓮の様子に気づかず、難儀そうに階段をあがっていく。カズキのつるりとした顔が母親の肩越しにこちらを向いていた。

蓮は中庭のブランコまでいって立って乗った。踏ん張って足を縮めたり伸ばしたりして猛烈に漕いだ。前後に体が振れる。顔面に風が当たって、濡れた目が乾いた。ぐんぐんと勢いが増し、体が水平になるまで上昇すると、ブランコのチェーンがたわみ、ガクンと勢いが死んだ。

三号棟からシンイチがのらりくらりと近づいてきた。

「大丈夫か」

シンイチが聞いた。

蓮は泣いていたのを見られたと思った。

「ガス爆発だってな」

シンイチは言った。

「俺が魔人の力でやったんだ」

「え、何」

シンイチは視力の悪い人みたいに目を細めた。

蓮はブランコを降りて跳躍した。ほら、見ろよ、と蓮は何度も跳ねる。魔人の力でこんなにゴムみたいにジャンプできるんだ。

「おい、やめろよ」

蓮は跳躍するのをやめて「俺を叩いてみろ」と言った。

「は」

「叩かれても痛くないんだ」

「だからお前、何言ってんの」

「いいから、やれって」

「後で文句言うなよ」

「ギンギンなんだ、早くしろ」

シンイチは腕を大きく振って蓮の頬を張った。

風船が破裂したような音がした。「つう」と蓮は痺れるように痛む頰を押さえて「何すんだ」と言った。

「叩けって言うから」

「魔人の力が消えちゃった」

「お前、帰って休んだほうがいいぜ」

シンイチはそう言って「また明日な」と何度も振り返りながら家に戻っていった。

棟の入口で、エンペラーを追いかけてどこかへいったと思っていた光平と鉢合わせた。じゃまだ、と光平は蓮を突き飛ばす。

目の前に火花が飛んだ気がした。蓮は石を持っていた。蓮は右手を伸ばし、体の芯を軸にしてくるくる回転した。周りの塵を巻きあげるようなつむじ風が起こった。プロペラみたいに回転して空気を切り裂きながら光平に近づいた。

握った石が光平の額に当たった。石は下に落ち、回転は止んだ。額を押さえて光平が倒れていた。血は出ていない。いや、出てきた。じわじわと血が流れてきた。見たこともない量だ。血だまりができて、どんどん大きくなっていった。

ああ、光平を殺してしまった。悲しいからなのか、取り返しがつかないことをしたからなのかわからない。

光平はむっくり立ちあがって、蓮の肩に両手をかけて「気が済んだか」と気味の悪いくらい静かな声で聞き、そのまま前に倒れるように蓮の顔面に頭突きを食らわせた。

くらくらして、蓮は踏ん張った。鉄球でもぶつけられたような重みだった。それから朝顔が花びらを開くようにじんわりと痛みが顔面に広がった。激痛だった。押さえた手から鼻血がはみ出る。

蓮は血に染まった両手をみた。

拳が飛んできた。蓮は後ろに転んだ。恐ろしい力だ。防ぐ暇もない。シンイチと組み合うのとは違う、圧倒的な力だった。

同時に蓮は今までになく、自分が光平に対抗しうる力を秘めていると感じた。蓮は頭から光平に突っ込んでいった。しかしつま先でみぞおちを蹴りあげられて、体を二つに折るようにして倒れた。腹にも朝顔が咲いた。

石で光平の頭を打った。そのお返しなんだ。わかりやすかった。突き抜けるような痛みがあった。なんてふざけているんだ。呼吸ができなかった。気分がよかった。

光平は蓮に馬乗りになって拳を振りおろした。光平にとって蓮のパンチは子犬のじゃれつき程度だった。光平の拳が蓮の顔面にめり込んだ。殴られる度に顔に朝顔が咲いた。

何発殴られたかわからなくなった。気づいたら、光平はいなかった。手にも足にも朝顔が咲いていた。全身が花畑だった。

蓮は声をあげて泣き、泣いているのが自分自身だと強烈に感じた。ぴたりと体の隅々までが自分のものであると感じた。死ぬほどの痛みも、痺れも、吐きけも、最低の気分も俺のものだ。俺は俺の体の大きさの分だけ、この世の場所を占めている。俺は俺以上でも俺以下でもない。

工場群から放たれる熱く埃っぽい空気のせいか、バイパスに立ちこめる排気ガスのせいか、西からどぎついまでに朱色に染まった太陽の光が団地に射していた。息苦しかった。ここは空気が悪い。声がした。マンネンがいつものように自転車を暴走させている。前のめりになって、もうこれ以上無理だというくらい全力でペダルを踏む。団地の住人とすれ違う度に、マンネンは「音速、音速、音速」と怒鳴った。

窓から落下したカズキをキャッチしたのはマンネンだ。蓮はふとそんな気がした。

日はまだ燃え、秋の虫がそこかしこで鳴いた。目の前をトンボが横切る。空を仰ぐと、風に巻きあげられた塵のように大量のトンボが飛び交っていた。気味悪くなって三号棟から離れると、側壁の色が変なのに気づいた。住棟番号が見えない。赤く色づいたトンボがびっしり張りついて、団地の壁という壁を埋め尽くしていた。

マンネンが自転車をとめ、トンボを捕まえようと両手を空に伸ばした。まるでマンネンがトンボを操っているみたいだった。

初出　「河北新報」二〇二三年一月二十二日～七月二十三日
「常盤団地第三号棟」を改題し、加筆修正を施しています。

装画　西村ツチカ

佐藤厚志（さとう・あつし）

一九八二年　宮城県仙台市生まれ。
東北学院大学文学部英文学科卒業。
二〇一七年　第四十九回新潮新人賞を「蛇沼」で受賞。
二〇二〇年　第三回仙台短編文学賞大賞を「境界の円居《まどい》」で受賞。
二〇二一年「象の皮膚」が第三十四回三島由紀夫賞候補。
二〇二三年「荒地の家族」で第一六八回芥川龍之介賞を受賞。
これまでの著作に『象の皮膚』『荒地の家族』（新潮社刊）がある。

常盤団地《ときわだんち》の魔人《まじん》

発　行　2024年7月30日

著　者　佐藤厚志《さとうあつし》
発行者　佐藤隆信
発行所　株式会社新潮社
〒162-8711　東京都新宿区矢来町71
電話　編集部　03-3266-5411
　　　読者係　03-3266-5111
https://www.shinchosha.co.jp
装　幀　新潮社装幀室
印刷所　株式会社光邦
製本所　加藤製本株式会社

ISBN978-4-10-354113-4 C0093